Emmanuèle Bernheim

Le cran d'arrêt

Denoël

« Sortie rue Saint-Florentin rue de Rivoli côté jardin des Tuileries. » Elle se dirigea, seule, vers la sortie « jardin des Tuileries ». Il pleuvait, ils préféraient tous marcher de l'autre côté de la rue, à l'abri des arcades. La pluie ne la gênait pas, elle n'avait pas froid. Elle avançait à pas lents, serrant son sac contre elle, le bras gauche replié, poing fermé. Elle parcourut ainsi une centaine de mètres et s'arrêta. Elle avait envie d'une cigarette. Mais comment parviendrait-elle à enflammer une allumette d'une seule main ? Elle reprit son chemin, traversa la Seine et bifurqua quai Anatole France, après la rue du Bac. Elle se retenait de marcher vite mais les rares silhouettes qu'elle croisait se hâtaient sous la pluie, la dévisageant au passage, intriguées par sa lenteur. Elle se mit à courir. Elle longea la gare d'Orsay, prit la rue de Lille, la rue de Poitiers et arriva devant son immeuble. Elle gravit rapidement l'escalier, chercha ses clefs, ouvrit la porte.

Elle se précipita dans la salle de bains. Elle posa son sac et, lentement, ouvrit sa main gauche. Sa paume et ses doigts étaient tachés de sang. Elle se plaça devant la glace et éleva sa main à la hauteur de son visage. Son rouge à lèvres avait la couleur du sang. Elle eut un léger sourire et se détourna. Elle remplit le lavabo d'eau froide et, comme à regret, y plongea sa main. Elle agita ses doigts dans l'eau qui se teintait de rouge. Elle resta ainsi, les yeux mi-clos, le corps parfaitement immobile. Seule bougeait sa main dans l'eau. Elle respirait prudemment.

Elizabeth ouvrit les yeux. Elle se savonna et s'essuya les mains. Elle s'approcha de son sac, en retira le couteau. Elle fit jaillir la lame et la nettoya soigneusement avec des feuilles de papier hygiénique imbibées d'alcool qu'elle jeta au fur et à mesure dans la cuvette des cabinets. Elle souffla à plusieurs reprises dans la profonde entaille du manche où la lame se repliait et referma le couteau. Elle rinça le lavabo, tira la chaîne et quitta la salle de bains. Ses vêtements étaient mouillés. Elle se changea. Elle se coiffa, remit un peu de rouge à lèvres et sortit. Elle arriva en avance au restaurant et s'aperçut qu'elle avait oublié son couteau dans la salle de bains. C'était la première fois depuis près de dix ans que le couteau quittait son sac. Elle souleva le sac, il paraissait plus léger. Elle appela le garçon et commanda un whisky. Elle avait envie de boire pour fêter l'allégement de son sac. Elle leva discrètement son verre à cette journée. Elle commençait à peine à boire lorsque Marie s'installa en face d'elle. Elles s'embrassèrent et Marie se plongea immédiatement dans la lecture de la carte qu'elle connaissait par cœur. Elizabeth savait d'avance ce que son amie allait choisir : elle prenait toujours la même chose. Marie reposa la carte et sourit. Elizabeth baissa les yeux. Elle ne supporterait pas de l'entendre commander le même plat que d'habitude, pas aujourd'hui. Un flot de salive emplit brusquement sa bouche, elle porta la main à ses lèvres, repoussa la table et se précipita vers les toilettes. Elle se pencha au-dessus de la cuvette et vomit des flots de bile mêlée de whisky. Puis elle s'assit sur le siège et reprit son souffle. Marie tambourinait à la porte, la suppliant d'ouvrir ou de répondre. Elizabeth se lava les mains et sortit. Marie, effrayée par sa pâleur, fit appeler un taxi et la raccompagna chez elle. Elle insista pour rester mais Elizabeth refusa catégoriquement : elle avait besoin d'être seule.

Dès que Marie fut partie, elle se rendit dans la salle de bains. Le couteau était toujours là. Elle l'ouvrit. La lame étincelait, impeccablement propre. Elizabeth examina le lavabo, le flaira, son nez effleurant la faïence. L'odeur du sang avait disparu. Aucune trace, aucun signe, rien. Elle se laissa tomber sur une chaise et éclata en sanglots. RIEN N'AVAIT CHANGÉ. Il y avait pourtant eu du sang sur son couteau et sur sa main, un sang qui n'était pas le sien, le sang de quelqu'un qui avait été blessé, blessé par son couteau, alors, blessé par elle? Elle était rentrée chez elle, elle s'était lavé les mains, elle avait nettoyé le couteau et elle était allée au restaurant avec Marie et Marie avait commandé la même chose que toutes les autres fois où elles avaient dîné ensemble. C'était impossible, il n'y avait pas eu de sang, il n'y avait eu qu'une journée comme les autres. Rien ne s'était passé. Elizabeth pleurait sans bruit, secouée de petits sanglots secs et impuissants, des pleurs sans larmes qui ne soulageaient pas.

Elle se releva, fit couler un peu d'eau fraîche dans ses mains jointes et l'inspira de toutes ses forces. Elle suffoqua, toussa, cracha, renifla et se moucha. Le goût du vomi avait disparu, elle se sentit mieux. Elle se coucha et éteignit la lumière. Allongée sur le dos, le corps raide, elle revoyait sa paume ensanglantée, la lame maculée, Marie, le restaurant. Elle s'éveilla la bouche sèche, la peau douloureuse, le visage ruisselant. Il faisait jour mais elle ne distingua rien, ses yeux pleuraient. Elle avait soif et savait qu'un verre d'eau se trouvait à côté du lit, à portée de main. Elle ne put bouger son bras. Elle ferma les yeux et attendit, la tête vide. Seule, sa peau était sensible, comme si sa chair, ses muscles, ses os et ses nerfs s'étaient concentrés en une fine pellicule sur toute la surface de son corps abandonné.

Lorsqu'elle rouvrit les yeux, la nuit était tombée. Elle parvint à atteindre le verre et but. Elle bougea sa tête, ses jambes et s'assit. Son lit était trempé et elle crut un instant avoir pissé sous elle. Elle comprit en touchant ses cheveux humides qu'elle avait simplement transpiré. Le téléphone sonna. C'était Marie. Elle avait à plusieurs reprises essayé de joindre Elizabeth à son bureau puis chez elle. Elle s'inquiétait et s'apprêtait à venir. Elizabeth tenta de la rassurer mais Marie ne voulut rien entendre. Une heure plus tard, elle faisait irruption dans la chambre d'Elizabeth.

Elle refit le lit avec des draps secs, aida Elizabeth à prendre un bain chaud et lui fit absorber un peu de bouillon. Lorsque Elizabeth fut recouchée, elle lui tint compagnie jusqu'à ce qu'elle fût endormie. Elle passa la nuit sur le matelas du salon. Le lendemain matin, un médecin appelé par Marie prescrivit de l'aspirine et du repos. La fièvre était légèrement tombée. Marie s'occupa de tout. Elle téléphona au bureau d'Elizabeth pour prévenir qu'elle avait dix jours d'arrêt de travail, elle fit des courses et prépara à déjeuner. Elle annula un rendez-vous pour revenir plus tôt et annonça à Elizabeth qu'elle s'installait chez elle jusqu'à sa guérison.

Elizabeth était trop faible pour protester, elle se laissa faire. Elle somnola pendant tout le jour et la température baissa. Elle bavarda avec Marie, parcourut un journal et passa une bonne nuit.

Elle se réveilla détendue et reposée. La fièvre lui avait fait du bien. Elle en était maintenant sûre : il y avait eu du sang sur sa main et sur son couteau. Il fallait qu'elle sache comment il était arrivé là.

Lundi, comme tous les autres jours de la semaine, elle avait pris le métro pour rentrer chez elle. Comme toujours, elle avait quitté son bureau vers six heures et demie et elle était montée à la station Bastille. Pour Solférino-Bellechasse, elle devait changer à Concorde. Or elle était descendue à Concorde et de là, elle était rentrée à pied avec, dans son sac, un couteau ensanglanté. Son couteau qui jusqu'à ce jour ne l'avait jamais quittée.

Elle pouvait expliquer le sang sur sa main.

Si elle s'était servie du couteau et s'il y avait eu du sang sur la lame, en le refermant elle devait obligatoirement se salir la main, car pour replier la lame, elle faisait toujours le même geste : elle l'appuyait contre sa paume gauche, tenant le manche dans sa main droite jusqu'à ce que la lame s'encastrât dans la rainure. La lame restait donc en contact avec sa paume gauche. Mais d'où venait le sang sur la lame ?

Pour la première fois, le couteau avait servi. Elle ne l'avait jamais utilisé pour couper quoi que ce fût, il restait toujours dans son sac et elle l'en sortait parfois pour s'amuser à faire jaillir la lame, rien de plus. Il était improbable que quelqu'un l'eût pris dans son sac, s'en fût servi et l'y eût remis. Personne ne connaissait l'existence de ce couteau. C'était donc elle, Elizabeth, qui s'en était servie. Elle avait poignardé quelqu'un, elle l'avait blessé, tué peut-être. Et personne ne s'en était aperçu ? La victime n'aurait pas crié, pas hurlé ? A moins qu'elle n'ait été tuée sur le coup. Mais ils l'auraient vue, ils l'auraient désarmée, lynchée. Ils ne l'auraient pas laissée partir. Et si elle avait réussi à fuir, il y aurait eu des témoignages, son portrait-robot dans les journaux. Elle n'avait lu qu'un journal depuis lundi, celui du mercredi soir, le portrait-robot était sûrement paru dans ceux de la veille. Le portrait-robot ou bien un court compte rendu de l'agression, à la page « Faits divers », priant les éventuels témoins de prendre contact avec la police. Et son signalement : jeune femme 25 - 30 ans, grande (plus d'un mètre soixante-dix), cheveux châtains mi-longs, yeux bruns, vêtue d'un vieux blouson de cuir noir et d'un blue-jean délavé, portant un sac de toile sombre (couleur indéterminée)... Mais ses parents et ses amis, eux, avaient lu les journaux, il leur arrivait même d'en acheter deux, un le matin et un autre le soir. Ils l'auraient tout de suite reconnue. Non, ils ne l'auraient pas reconnue. Comment auraient-ils pu penser une seconde qu'il s'agissait d'elle ? Comment imaginer qu'elle, Elizabeth, pût être une criminelle ? Criminelle... ce mot lui procurait un étrange plaisir. Criminelle, elle l'était peut-être devenue, en vrai. Et ils l'avaient laissée fuir. Ces imbéciles n'avaient pas su voir qu'elle était capable de faire couler le sang. Pourquoi n'avaient-ils rien vu ? Pourquoi l'avaient-ils laissée partir? Ils auraient dû la retenir, elle se serait débattue, elle leur aurait craché au visage, donné des coups de pied, des coups de poing. Elle aurait ressorti le couteau de son sac et elle aurait frappé au hasard les têtes, les bras, les troncs, elle en aurait blessé le plus possible. La police serait arrivée. Mais avant qu'on l'emmenât, elle aurait eu le temps de leur dire qu'elle regrettait de n'en avoir pas tué davantage et qu'elle aurait aimé voir leur sang à tous coulant d'une seule et même plaie. Puis on l'aurait conduite en prison et elle ne les aurait plus jamais revus.

Elle s'était si longuement interrogée sur l'endroit où elle porterait le coup, pas la tête, pas les membres, trop durs. Plutôt le dos ou le ventre, de préférence le ventre, plus moelleux, plus douillet. Et quelle serait la résistance des chairs, avec quelle force devrait-elle frapper afin que le couteau, bien affûté, les pénétrât? Elle avait essayé d'imaginer les hurlements de sa victime. Seraient-ce des hurlements ou bien des petits cris? Mais rien n'était arrivé. Il ne s'était rien passé. RIEN. Elle n'avait rien entendu, elle n'avait pas vu la lame s'enfoncer, elle ne se souvenait pas d'avoir frappé.

Elle n'avait plus de fièvre, elle pouvait sortir. Elle s'habilla, replaça le couteau dans son sac et quitta son appartement. Il était plus de cinq heures. Elle monta dans un autobus qui la déposa à la Bastille une demi-heure plus tard. Elle acheta les journaux du soir, un paquet de cigarettes et entra dans un café. Au bout d'un long moment, on vint prendre sa commande. Elle but un thé en lisant. A six heures et demie, elle paya et se dirigea vers le métro. Elle s'engouffra dans un long couloir désert. Ils préféraient traverser la place de la Bastille à l'air libre. Aux guichets, elle introduisit le coupon de sa carte orange dans la fente et poussa le tourniquet.

« Direction pont de Neuilly. » Elle gravit les quelques marches qui menaient au quai. Comme d'habitude, elle marcha jusqu'à l'emplacement du wagon de tête afin de se trouver juste devant le couloir de correspondance lorsque le train s'arrêterait à Concorde. Ils étaient nombreux à attendre. Enfin le train arriva, bourré. Elizabeth monta et se fraya un passage jusqu'à sa place habituelle, contre

les portes donnant sur la voie. Les portières
se refermèrent en chuintant.

Elle regarda autour d'elle. Pressés les uns
contre les autres, ils n'avaient même plus
besoin de se tenir. A Saint-Paul, ils furent
quelques-uns à sortir, à peu près autant à
monter. Elizabeth les dévisageait, croisant
parfois des regards indifférents. Il y avait les
visages fatigués de ceux qui rentraient chez
eux, les yeux fraîchement fardés de celles qui
allaient à un rendez-vous, il y avait des peaux
luisantes, des bouches rieuses, des lèvres ger-
cées, des petits nez, des oreilles décollées, des
cols de fourrure. Il y avait des moustaches,
des verrues, des grains de beauté, des poils.
Il y avait des gens qui transpiraient, d'autres
qui bavardaient ou s'efforçaient de lire. Mais
ils ne se ressemblaient pas. Ils étaient tous
différents. Elizabeth les observait avec surprise, sans haine et sans peur. Lorsqu'une
dizaine de voyageurs chargés de sacs du B.H.V.
s'engouffrèrent dans le wagon, elle s'amusa à
essayer de deviner ce qu'ils venaient d'acheter.
Elle s'appuya contre les portes et ferma les
yeux. Quelque chose s'était produit, quelque
chose qui faisait qu'elle était là, dans le métro,

libre, calme, rassurée et presque heureuse. Sa main gauche caressait le métal de la portière et Elizabeth se rappela soudain un autre contact sur ses doigts. Tiède et duveteux, du daim... Et elle se souvint. Un blouson de daim, fauve et usé. Elle revoyait les plaques d'usure, légèrement plus brillantes. Elle se souvenait d'un dos large et fort et de la bande de tricot au bas du blouson. Elle avait frappé juste au-dessus... Elle avait touché la surface de daim, c'était doux, vivant et elle avait enfoncé la lame dans cette douceur. Elle était tout près de lui, leurs corps se touchaient. Elle n'avait pas tout à fait assez de recul pour frapper. La lame, à elle seule, faisait dix centimètres, avec le manche, le couteau mesurait plus de vingt-cinq centimètres. Fermé, il disparaissait presque entièrement dans sa main. De toute façon, personne ne faisait attention à elle. Le bras serré le long du corps, l'avant-bras replié à angle droit, elle avait déplacé son coude pour prendre de l'élan. Le train arrivait à la station Concorde. Elle avait brusquement détendu son bras. Toute son énergie s'était concentrée sur le coup. Pendant un court instant, il n'y avait rien eu d'autre que son

19

bras, son coude, son avant-bras, son poignet, sa main, le couteau et la hanche de l'homme. Puis il y avait eu le blouson de daim, et le dos large et fort. Le couteau avait regagné le sac et les portes s'étaient ouvertes. Ils avaient été poussés dehors par la masse des voyageurs et elle était sortie de la station, le poing fermé, serrant son sac contre elle. L'homme n'avait pas crié, pas hurlé, pas bougé. Il n'avait même pas sursauté. Trois jours s'étaient écoulés depuis et elle était libre, dans le même métro, sans menottes. Personne ne la montrait du doigt.

Elle savait que le couteau quitterait définitivement son sac. Elle ne s'en servirait plus.

Elle rentra chez elle, épuisée. La fièvre était remontée. Elle ne sortit pas pendant deux jours, à demi sequestrée par Marie. Enfin, elle n'eut plus de température et Marie retourna chez elle. Elizabeth la vit partir sans regret. Le babil de Marie et sa gentillesse n'étaient pas parvenus à la sortir de l'étrange torpeur qui la paralysait depuis deux jours.

Elle restait de longues heures prostrée, les membres mous et le dos voûté. Elle n'avait plus de forces, plus de muscles, plus de sang. Elle ne mangeait pas et pouvait à peine parler. Elle ne pourrait plus jamais marcher dans la rue, plus jamais aller travailler. Elle était trop faible. Elle revoyait sans cesse les visages du métro, leurs sourires et leurs traits tirés. Elle les revoyait sans déplaisir. Elle était désarmée.

Elle ne ressentait plus la moindre haine. Qu'allait-elle devenir? La haine avait été son seul bien, elle en avait été dépossédée. Le silence de l'homme l'avait anéantie. Pourquoi n'avait-il pas crié, pourquoi n'avait-il rien dit? Elle devait le retrouver et savoir pourquoi rien ne s'était passé. Elle n'avait pas le choix, il fallait qu'elle le retrouvât.

Il était descendu comme elle, à Concorde, elle avait entrevu la tache fauve sur le quai. Mais après? Il souffrait, il ne pouvait pas ne pas souffrir. Il perdait beaucoup de sang. Il n'avait pas dû aller très loin, sûrement pas jusqu'à la sortie. Il titubait, portait les mains à son dos. Il tombe. Il réussit à se relever mais il tombe à nouveau dans le grand couloir, et, cette fois, il ne peut plus bouger. Les gens passent, pressés, indifférents. Enfin, quelqu'un s'arrête, part chercher du secours, revient avec un médecin. Le chef de la station accourt et découvre une longue traînée de sang qui va du quai au couloir. Le médecin s'agenouille auprès de l'homme et examine la blessure, très profonde. Il faut l'emmener à l'hôpital.

L'homme peut à peine parler. Le chef de station le fouille et trouve ses papiers. Il note le nom de l'homme et son adresse sur un calepin. Il devra faire un rapport. Puis il replace lui-même les papiers dans la poche du blessé. Police secours arrive enfin. On allonge l'homme sur un brancard blanc et on l'emporte. Il transpire et grelotte. La lame d'acier inoxydable du couteau était propre, il n'attrapera pas le tétanos. On l'emmène directement au service des urgences. On le déshabille. Ses vêtements sont trempés de sang. On lui retire même ses chaussettes, il est complètement nu. La blessure n'est pas trop grave mais il a perdu beaucoup de sang. On recoud la plaie. Il faut plusieurs points de suture. Après la piqûre antitétanique, on le place sous perfusion. L'infirmière trouve facilement le renflement de la veine. L'avant-bras est solide et fort. Elle passe un coton imbibé d'alcool sur la peau... Il faut prévenir la famille. La famille ? Et s'il n'avait pas été seul dans le métro ? S'il avait été accompagné de sa femme ? Peut-être revenaient-ils tous les deux du B.H.V. où ils avaient fait des achats pour la maison. Et il n'a pas crié pour ne pas inquiéter sa femme. Mais sur le quai, elle s'est aperçue de tout. Elle l'a vu si pâle et elle a vu le sang et elle, elle a hurlé. Elizabeth devait être déjà loin puisqu'elle n'a pas entendu les cris. Elle a soutenu son mari, elle l'a aidé à marcher. Elle était à ses côtés dans l'ambulance. Elle posait sa main sur son front humide, elle le rassurait, elle lui faisait du bien. Elle était restée près de lui à l'hôpital. Elle a répondu à sa place aux questions des flics. Elle était avec lui, s'il avait vu quelque chose, elle l'aurait vu aussi. Elle ne comprend pas, c'est horrible de penser que ça peut arriver comme ça, sans qu'on s'en aperçoive... Et pour rien. Elle a tout vérifié, rien ne manque. On ne lui a pas dérobé son portefeuille. Tout est là : chéquier, carte de crédit, carte orange, clefs, et même le beau stylo qu'elle lui avait offert pour son anniversaire.

Elle retourne au chevet de son mari. Il entrouvre les yeux et lui sourit, faible. Il veut parler. D'un geste, elle l'en empêche : il ne faut pas qu'il se fatigue. Et les enfants ? Mon Dieu, les enfants, elle les avait oubliés avec tout ça. Dans le couloir il y a un téléphone qui marche avec des pièces. Elle fouille fébri-

lement son sac et trouve un franc. Elle compose
le numéro, l'aîné décroche aussitôt. Elle le
prévient qu'elle rentrera tard, que papa est
malade mais qu'il ne faut pas s'inquiéter. Ils
peuvent manger le poulet qui est dans le
réfrigérateur et surtout qu'ils ne fassent pas
de désordre dans le salon. Pendant ce temps,
son mari s'est endormi.

Il ne pouvait pas être avec sa femme. Il
était seul. Elizabeth ne l'aurait pas frappé si
elle avait deviné quelqu'un à ses côtés. Il était
sûrement seul. Elle irait interroger le chef de
station, il la renseignerait, il lui dirait tout ce
qu'elle souhaitait savoir. Elle se ferait au
besoin passer pour une employée du ministère
de l'Intérieur ou du secrétariat d'État aux
Transports responsable d'une enquête sur la
criminalité dans le métro. Elle expliquerait
qu'elle était personnellement chargée de la
ligne Pont de Neuilly-Château de Vincennes
et on ne pourrait rien lui refuser. Et si quelqu'un la reconnaissait? Elle serait arrêtée
après coup, ce serait horrible, encore plus
horrible que l'impunité. Il y avait peut-être
un circuit vidéo, des caméras, des écrans de
contrôle. Mais elle était sortie calmement, elle

s'était retenue de courir, serrant son sac contre elle comme toutes les femmes qui craignent qu'on ne le leur arrache. On n'avait pas pu la remarquer. Elle ne risquait rien.

Il lui faudrait s'habiller correctement, pas question de se présenter dans ses vêtements habituels, elle devrait être élégante. Elle s'achèterait une tenue réservée à son enquête. Une jupe, un chemisier ou un beau pull-over et un manteau. Et des chaussures aussi, à talons hauts. Elle ne les porterait que pour rechercher l'homme et personne, ni ses parents, ni ses amis, ni les gens avec lesquels elle travaillait, ne la verrait habillée ainsi. Les gens qu'elle rencontrerait ne soupçonneraient jamais qu'elle était à la recherche d'un inconnu qu'elle avait blessé d'un coup de couteau.

Le lendemain, elle regarda les vitrines. Elle ne lisait pas de revues féminines et ignorait tout de la mode. Elle n'avait jamais prêté attention aux tenues des inconnues qu'elle croisait pas plus qu'à celles de ses amies. Elle possédait deux jeans qu'elle renouvelait tous les deux ou trois ans et qu'elle portait été comme hiver. Elle connaissait sa taille qui ne variait pas et les payait sans les essayer. Elle achetait aussi, toujours dans le même magasin, des sweat-shirts incolores, des tee-shirts blancs et des pull-overs sombres, à col roulé. Elle prenait la plus grande taille, se contentant de vérifier si les emmanchures correspondaient à sa carrure. Elle était donc surprise de constater qu'il existait une infinité de pulls, de jupes et même de pantalons, dans de nombreuses boutiques situées non loin de chez elle et qu'il y avait des milliers de femmes pour les porter. Elle détaillait ces femmes, se retournant sur leur passage. Elle admirait leur démarche, leurs chevilles qui ne se tordaient pas sur les hauts talons, leurs jambes lisses, leurs cheveux brillants. Elles portaient de grands manteaux, des vestes de fourrure et parfois des blousons comme le sien, qui, sur elles, semblaient propres et neufs même s'ils étaient usés. Toutes ces femmes se regardaient devant des glaces, s'examinaient de profil, tâtaient des étoffes, en jugeaient l'effet près de leur visage. Elles ciraient leurs chaussures, repassaient leurs vêtements et les rangeaient après les avoir soigneusement pliés. Elizabeth ne regardait plus les vitrines. Elle marchait au hasard, découragée. Elle ne pourrait jamais leur ressembler, elle n'était pas comme elles. Elle s'arrêta net. Parmi toutes ces belles femmes propres, y en avait-il une qui avait été capable de poignarder un homme ? Non, aucune, sûrement aucune. Elle rentra dans plusieurs boutiques et demanda à voir les pulls. Elle dut bientôt se rendre à l'évidence : tous les pull-overs de tous les magasins étaient décolletés, la mode de printemps était aux décolletés. Elle allait être obligée d'essayer. Elle enfila brutalement un chandail noir et se plaça devant le miroir de l'étroite cabine. Elle avait chaud mais n'osait pas sortir. Le col, taillé en V devant et derrière, dégageait sa nuque, son cou et ses clavicules. Elle porta la main à sa gorge et frissonna. Elle ne s'était jamais vue ainsi. Sa peau était trop blanche. Était-elle douce? Elle toucha. Elle était plutôt douce, trop blanche mais douce. Au-dehors la vendeuse s'impatientait. Elizabeth retira le pull et se rhabilla. Elle le tendit à la vendeuse et annonça qu'elle le prenait. Elle régla et sortit, surexcitée. Il se passait enfin quelque chose.

Elle acheta une jupe droite en flanelle grise et un manteau de la même couleur. Il restait les chaussures. Elle en essaya plusieurs paires. A chaque fois, il y avait un problème. Elle ne parvenait pas à garder l'équilibre, ou bien ses pieds étaient trop à l'étroit, ou encore le cuir était trop fragile, la semelle trop fine ou la couleur trop salissante. Elle hésita longuement et se décida pour des escarpins gris assez hauts, mais pas trop.

Elle rentra chez elle. Elle défit ses paquets et essaya ses nouveaux habits. Elle était méconnaissable. Elle se trouva trop grande et trop pâle. Elle n'était pas maquillée et ses jambes – elle avait oublié d'acheter des bas – étaient blêmes. Elle se farda les lèvres et, à l'aide de son bâton de rouge, se colora légèrement les pommettes. Elle saisit une mèche qui retombait sur ses épaules dénudées. Sa coiffure était informe, terne, plate sur le sommet du crâne et désordonnée le long de son cou. Il faudrait les faire couper. Elle releva ses cheveux d'une main, s'empara du couteau et revint se placer devant la glace. Sans se quitter des yeux, elle repoussa le cran de sûreté et appuya sur la détente. La lame claqua. Elle répéta plusieurs fois son geste en fronçant les sourcils. Ça n'allait pas. Elle s'éloigna et se rapprocha, un détail clochait. Brusquement elle se déshabilla et remit ses vieux vêtements, continuant à jouer avec le couteau. C'était bien mieux. Elle sourit, satisfaite.

Elle téléphona à son bureau et confirma son retour pour le surlendemain. Elle se coucha tôt. D'ici la fin de la semaine, elle connaîtrait le nom de l'homme et son adresse, peut-être même le rencontrerait-elle. Elle entendrait sa voix et elle verrait son visage. Elle se redressa dans son lit. Et si elle l'avait tué? Elle alluma et se précipita sur la bibliothèque, cherchant son dictionnaire. Elle tourna fébrilement les pages et trouva les planches anatomiques. Les reins, elle avait pu toucher les reins ou une grosse artère, occasionnant une blessure mortelle. Et elle ne saurait jamais rien de lui. Elle ne pourrait même pas le voir à la morgue : il avait sans doute déjà été enterré. Comment avait-elle pu se laver de son sang? Pourquoi n'en avait-elle pas gardé un peu, entre deux petites plaques de verre, ou bien sec, dans du papier de soie? Ce sang, c'était tout ce qu'elle avait connu de lui.

Mais il avait peut-être des parents, une femme, une amie. Elizabeth pourrait voir une photo, entendre un enregistrement de sa voix, beaucoup de gens ont des magnétophones maintenant. Et si elle se procurait son numéro de téléphone et qu'elle appelât chez lui, elle tomberait peut-être sur un répondeur et elle l'entendrait. A moins qu'ils ne l'aient débranché.

Son appartement allait sûrement être à louer ou à vendre : s'il avait été marié, sa femme ne voudrait sans doute plus vivre là où ils avaient été heureux ensemble. Elizabeth le visiterait. Elle verrait ses livres et ses disques, ses objets, elle connaîtrait ses goûts. Elle trouverait des boîtes de conserve et elle saurait ce qu'il avait aimé manger. Dans la salle de bains, il y aurait ses produits, son after-shave, son savon, son eau de toilette, elle sentirait son odeur. Des paquets de cigarettes traîneraient çà et là, des brunes. Elle ouvrirait sa penderie et examinerait ses vêtements, elle pourrait évaluer sa taille et sa corpulence. Sur le col d'une veste, des cheveux, peut-être des pellicules. Elle trouverait le blouson et elle l'emporterait. Elle y avait droit. En cachette, elle subtiliserait une photo qu'elle garderait toujours sur elle et personne ne saurait jamais de qui il s'agissait.

Il y aurait sans doute quelqu'un dans l'appartement. La mère ou la femme. La femme, Elizabeth la hait à l'avance. Elle vient lui ouvrir, ses yeux sont secs, elle prie Elizabeth d'excuser le désordre : elle était en train de trier les affaires. Ils vivaient séparés depuis près de trois ans. En fait, ils n'ont pas été mariés très longtemps, deux ans à peine. Ils n'ont pas eu d'enfant et se sont perdus de vue au cours de ces dernières années. Elle, la femme, s'est installée à l'étranger. Elle est revenue pour mettre de l'ordre dans les affaires de son mari. Elle a hâte de repartir. Elizabeth regarde autour d'elle, les livres sont froidement empilés, les vêtements entassés dans un coin, l'after-shave et l'eau de toilette jetés dans un sac poubelle. Aucune tendresse, rien. La femme s'affaire avec des gestes mécaniques, très sûrs. Elle n'est pas désagréable, pas hostile, elle est indifférente. Elle a été obligée de quitter l'étranger pour ça et elle souhaite repartir au plus vite, c'est tout. Elle n'a pas envie de parler, elle n'a rien à dire. Lorsque Elizabeth s'en va, la femme est soulagée.

Elizabeth n'aura rien appris. C'était dans sa paume, au bout de ses doigts et sur la lame de son couteau qu'il avait été le plus vivant.

Le lendemain matin, elle s'éveilla pleine d'énergie.

L'homme n'était probablement pas mort et si par hasard elle l'avait tué... Elle verrait bien. Elle téléphona à Marie et lui demanda l'adresse de son coiffeur. Elle s'y rendit et ressortit deux heures plus tard, les épaules et le cou dégagés. Elle rentra chez elle et se mouilla la tête afin de faire disparaître la laque et les effets du brushing qu'elle trouvait ridicules. Chez le coiffeur, en attendant son tour, elle avait feuilleté quelques magazines et l'envie lui était venue d'acheter des produits de maquillage. Elle ne s'était jamais maquillé les yeux. Elle n'utilisait que du rouge à lèvres car elle en aimait le goût et s'en servait parfois pour se farder les joues. Elle acheta un crayon pour les yeux, du rimmel, du rose à joues, de la poudre et deux paires de collants.

Elle était invitée à dîner chez un couple d'amis qui habitaient près de Pigalle. Elle se maquilla. Elle trouva tout de suite où appliquer de la couleur, où tracer un trait, et fut satisfaite du résultat. Son visage contrastait singulièrement avec ses vêtements informes. Enfin, elle sortit. Elle se dirigea vers le métro. Il y avait beaucoup de monde. Le train arriva, il n'y avait plus de places assises. Elle regarda autour d'elle et croisa quelques regards. Elle baissa les yeux, mal à l'aise. Elle eut l'impression qu'on la dévisageait. Oui, c'était cela, les hommes la dévisageaient. Elle porta la main à son sac et se souvint que le couteau ne s'y trouvait plus. Les hommes l'avaient sans doute vue toucher son sac puisqu'ils ne la quittaient pas des yeux. Ils la croyaient peut-être armée. Ils la reconnaissaient. Ils étaient dans le métro, ligne Pont de Neuilly-Château de Vincennes... Ils l'avaient vue frapper l'homme, ils étaient près d'elle, près d'eux, et aujourd'hui, malgré son maquillage, ils la reconnaissaient. Peut-être chuchotaient-ils entre eux, se demandant s'il valait mieux prévenir le chef de la prochaine station, tirer le signal d'alarme ou la conduire eux-mêmes à la police. Elle était sûre d'entendre leur murmure. Elle n'avait plus son couteau, elle avait peur. Le train ralentissait, s'arrêtait. Elle se rapprocha des portes, bousculant tout le monde sur son passage, sans s'excuser. Quelqu'un lui adressa la parole. Il fallait qu'elle sorte, il fallait qu'on la laisse sortir, ils ne pouvaient pas l'arrêter maintenant. D'autres voyageurs descendaient, ils allaient la suivre. Elle cherchait la sortie, grimpait des escaliers, trébuchant dans sa précipitation. Quand elle fut dehors, elle regarda derrière elle. Quelques personnes surgissaient des escaliers mécaniques. Elle se mit à courir droit devant, le trottoir était désert. Elle vit où elle était. Elle étouffa un cri et continua à courir, le long des grilles du jardin des Tuileries.

Elle arriva chez elle et ferma la porte à double tour. Elle ne leur ouvrirait pas. Elle se laissa tomber à terre, essayant de reprendre son souffle. Elle resta assise, haletante. Elle retrouvait ses esprits. Elle se rappela soudain le dîner, ses amis qui l'attendaient. Il fallait les prévenir et leur expliquer qu'elle ne pouvait pas sortir. Elle composa leur numéro et raccrocha après la première sonnerie. Elle irait. Il n'était plus question de prendre le métro. Elle commanda un taxi et descendit l'attendre. Des gens passèrent sans lui jeter un regard. On ne faisait plus attention à elle, personne ne semblait la reconnaître.

Un quart d'heure plus tard, elle sonnait chez ses amis. Elle reçut des félicitations pour sa nouvelle coiffure, des remontrances pour son retard et elle passa une bonne soirée.

Elle reprit son travail. Tous l'accueillirent gentiment. Ils lui trouvèrent bonne mine et en conclurent que son arrêt maladie lui avait fait du bien. Elle bavarda avec eux et se fit expliquer ce qui s'était passé pendant son absence. Puis elle s'installa dans son bureau. C'était une petite pièce tapissée de dossiers, perpétuellement en désordre. Elizabeth s'y sentait bien. Elle s'y enfermait souvent, nullement gênée par les odeurs de poussière et de tabac froid et n'en sortait qu'à contrecœur. Elle était rapide et efficace et travaillait beaucoup. Ses gestes étaient devenus machinaux à force d'habitude. Rien ne se produisait qu'elle n'eût prévu. Elle voyait peu les autres et leur parlait à peine. Elle faisait ce qu'elle avait à faire, sans y prendre d'intérêt, sans passion et, le soir, toujours à six heures et demie, elle rentrait chez elle. Son indifférence agaçait parfois les autres. Ils avaient depuis longtemps renoncé à faire des efforts et ne lui proposaient même plus de se joindre à eux pour déjeuner. Alors, entre midi et deux heures, elle travaillait ou s'attablait, seule, devant un sandwich dans un café des environs. Ce jour-là, elle leur parut changée. Ses cheveux courts, son sourire, les incitaient à penser qu'une chose agréable lui était arrivée. Ils l'emmenèrent au restaurant. Elle se montra charmante. Elle leur posa des questions sur leurs enfants ou leurs conjoints et plaisanta avec ceux qui n'en avaient pas. Ils ne l'avaient jamais vue ainsi. D'ordinaire distante et réservée, elle riait et mangeait de bon appétit. L'après-midi, elle ne ferma pas la porte de son bureau et le quitta à sept heures passées. Elle rentra chez elle trop épuisée pour se rendre à Concorde. Comme son absence lui avait fait prendre beaucoup de retard dans son travail, il en fut de même les deux jours suivants.

Le samedi matin, elle enfila ses nouveaux habits, se maquilla avec soin et se rendit à pied à la station Concorde. Elle prit l'entrée rue Saint-Florentin, descendit lentement l'escalier et s'approcha du guichet. Elle demanda s'il était possible de rencontrer le chef de station. On lui répondit quelque chose que l'hygiaphone l'empêcha d'entendre. On répéta et, cette fois, Elizabeth comprit. Le chef de station n'était jamais là pendant le week-end, elle était priée de revenir lundi.

Elle rentra chez elle en taxi. Elle retira ses nouveaux vêtements et remit les anciens. Elle était au bord des larmes. Elle s'empara du couteau. Elle s'en resservirait. Elle frapperait et cette fois elle entendrait des hurlements et elle verrait du sang et tout se passerait comme elle l'avait toujours désiré. Elle laissa tomber le couteau et porta sa main droite à sa bouche. Elle mordit son index de toutes ses forces et lâcha prise. Elle se calma brusquement. Elle fit un pansement qui s'imbiba vite de sang. Puis elle entassa quelques affaires dans un grand sac, sa décision était prise : elle passerait le week-end à Lyon, chez ses parents. Ils s'occuperaient d'elle, elle jouerait avec le chien et elle se promènerait. Elle ne les prévint pas. Elle avait juste le temps de prendre le train de midi trente, elle serait chez eux vers quatre heures.

Elle arriva devant la petite maison, la gorge nouée. Le chien courut vers elle et son père apparut sur le seuil. Il n'eut pas l'air surpris de la voir. Il vint à sa rencontre, ne l'embrassa pas – il ne l'embrassait jamais – et lui prit son sac. Il la conduisit dans une chambre. Ses cheveux étaient blancs. Elizabeth ne se souvenait pas l'avoir connu autrement mais elle le trouva vieilli. Depuis combien de temps n'était-elle pas venue les voir?

La chambre était claire. Ce n'était pas vraiment sa chambre. Elle n'avait jamais vécu dans cette maison. Ses parents s'y étaient installés à leur retraite. Elizabeth ouvrit les volets. La petite pièce était nue et propre. Elle défit son sac et posa ses affaires sur le lit et sur une chaise. Elle avait envie de pleurer. Mais elle entendit, dans l'escalier, le pas lourd de sa mère. Elle était tellement heureuse qu'Elizabeth soit là. Elle sa serra contre elle, l'accablant de questions dont elle n'attendait pas les réponses. Elle recula de quelques pas et regarda sa fille. Elle lui trouva bonne mine mais s'inquiéta du pansement à son doigt. Elizabeth n'eut pas le temps de s'expliquer, sa mère abordait déjà le chapitre de ses propres douleurs. Elizabeth l'interrompit gentiment, elle voulait se promener avant la tombée de la nuit. Le chien la suivit. Elle revint une heure plus tard, quelques fleurs à la main et les joues roses. Ils dînèrent tôt et elle monta se coucher.

Après le petit déjeuner, elle sortit avec son père. Il parlait peu mais elle aimait sa solidité. Il s'était à peine occupé d'elle. Il ne l'avait jamais aidée dans ses devoirs. Il ne lui avait jamais rien interdit, ni les gros mots ni les sorties mais il avait été là et elle n'avait rien fait qui eût pu lui déplaire. Il n'y avait eu ni scènes ni cris. Une enfance sans histoires.

Elle lui parla de son travail, de sa vie à Paris. Il ne posa aucune question. Il hochait la tête en silence, sans la regarder. Elizabeth accéléra le pas, agacée. Comment pouvait-il être aveugle à ce point ? Le chien gambadait autour d'elle. Elle entendit son père s'essouffler mais ne ralentit pas. D'une voix faible, il lui proposa de rentrer. Ils firent demi-tour.

Elle passa un après-midi paisible à bavarder avec sa mère et reprit le train.

Le lendemain, elle quitta son bureau avant six heures et demie. Elle rentra chez elle, se changea et prit le métro jusqu'à Concorde. Le chef de station était là. Il la fit rentrer dans la cage de verre. C'était un petit homme replet, presque chauve. Elle remarqua que de longs poils noirs lui sortaient du nez. Il lui désigna un siège. Elle s'assit, bien droite, se lança dans une vague explication où il était question de ministère, d'enquête et d'agressions et demanda à voir les registres de la station. Le petit homme haussa les épaules, se leva et, avec une lenteur exaspérante, s'approcha d'un placard de formica. Il tenta en vain d'en faire jouer la poignée, jura, fouilla dans sa poche, trouva une clef. Enfin, il déposa précautionneusement devant Elizabeth un

lourd registre qu'il feuilleta après avoir bien
léché son index. Sans un mot, il le poussa
vers elle et la laissa seule.

A chaque jour correspondait une case. Dans
chaque case, il y avait des noms, des adresses
et quelques abréviations. Certaines cases
étaient vides, c'étaient les jours sans vols, sans
agressions. Elle tourna les pages et trouva sa
semaine. Elle fit glisser son doigt sur le papier,
jusqu'à son jour et ferma les yeux. Elle allait
enfin savoir. Elle regarda l'endroit de la page
que désignait son index. Rien, il n'y avait rien.
La case de son jour était vide. Elle vérifia.
C'était bien l'année, le mois, le jour. Et la case
était vide. C'était même la seule case vierge
de la page. Elle chercha des yeux le chef de
station. Il avait disparu. Elle se leva et demanda
aux employées où il était. L'une d'elles se mit
à crier « Monsieur Maurice, monsieur Maurice! » et le petit homme réapparut. Il lui
demanda si elle avait fini. Non, elle n'avait pas
fini. Elle ne comprenait pas les cases vides. Ce
n'était pas très compliqué – le chef de station
s'impatientait –, les cases vierges représen-

taient les jours où il ne s'était rien passé et grâce à Dieu, ça arrivait. Il s'éloigna prétextant qu'il avait du travail. Elizabeth se pencha une dernière fois sur le registre. Elle souleva légèrement la page, la regarda en transparence et la toucha du doigt. Il n'y avait rien, vraiment rien.

Elle était presque sûre que l'homme avait été éjecté de la rame en même temps qu'elle. Mais elle avait pu se tromper. Il était peut-être resté à l'intérieur ou bien il avait attendu sur le quai le train suivant. Dans ce cas, son agression avait été signalée dans une autre station de la ligne. Il était peu probable qu'il ait eu la force de s'engager dans l'un des longs couloirs de correspondance. Au siège de la R.A.T.P. il existait sûrement un registre général du métro parisien. Il était dix-neuf heures passées, trop tard pour appeler. Elle téléphonerait le lendemain.

Elle passa une agréable soirée avec Marie. Elle observa ses grands yeux bleus et son visage lisse, Marie n'avait pas de secret, elle n'avait rien à cacher et elle était sans doute heureuse comme ça. Elles rirent beaucoup pendant le dîner et Marie fut rassurée de voir son amie si bien remise.

Dès qu'elle arriva au bureau, Elizabeth s'enferma et composa le numéro de la R.A.T.P. qu'elle avait trouvé dans l'annuaire. Elle exposa le but de son appel à une opératrice qui la pria de ne pas quitter. Une voix revêche lui récita une adresse, des horaires et un nom qu'Elizabeth se fit répéter à deux reprises. Elle travailla toute la journée et passa sa soirée devant la télévision.

A huit heures précises, elle se présenta au bureau d'accueil de la direction générale de la R.A.T.P. La personne qui lui avait été indiquée se trouvait au quatrième étage. Elle prit un ascenseur qui la laissa dans un large couloir. Troisième porte à gauche en sortant de l'ascenseur... Elizabeth frappa deux coups. On lui cria d'entrer. La pièce était vaste et sombre. Assise derrière un gigantesque bureau, une jeune femme surveillait un télex. Elle se leva d'un bond pour accueillir Elizabeth. Elle portait un jean et un pull-over jaune canari, son sourire était agréable. Toute sa petite personne contrastait de façon presque comique avec les murs gris et les hautes rangées de dossiers.

Elizabeth expliqua qu'elle effectuait une enquête pour le compte du ministère de l'Intérieur sur la criminalité dans le métro.

– Vous avez un ordre de mission ?

Elizabeth garda son calme :
– J'ai des difficultés à joindre tous les chefs de station. Je pensais gagner du temps en venant directement ici. Mais cela ne fait rien, je peux demander un ordre de mission et revenir.

– Ne perdez pas de temps, je connais le problème. Qu'est-ce qui vous intéresse ?

– La ligne Pont de Neuilly-Château de Vincennes. Les deux dernières semaines suffiront.

La jeune femme s'empara d'un énorme dossier.
– Il serait temps que nous passions sur microfiches, mais il ne faut pas trop demander ! Voilà... Nous avons deux classements pour chaque semaine. Le premier par station,

le second, jour par jour, toutes stations confondues. Installez-vous à cette table. Je peux même vous offrir un cendrier. Théoriquement, nous n'avons pas le droit de fumer mais nous ouvrirons la fenêtre.

Elizabeth s'attaqua tout d'abord au classement par station. C'était le même système de cases qu'à Concorde. Sentant peser sur elle le regard de la jeune femme, elle tourna lentement les pages, s'arrêtant parfois. Les stations défilaient dans l'ordre : Château de Vincennes, Bérault, Saint-Mandé-Tourelles... Elle leva les yeux sur un énorme plan de métro qui se détachait sur le mur gris et soupira. Il restait dix stations avant Concorde. Elle avait emporté un petit carnet sur lequel elle prenait des notes. Cela faisait plus vraisemblable. Il lui fallut plus d'un quart d'heure pour arriver à Hôtel de Ville. La jeune femme surveillait à nouveau son télex. Elizabeth en profita pour sauter quelques pages. Elle remarqua que Châtelet était l'une des stations les plus dangereuses. Louvre, Palais-Royal, elle approchait... Tuileries... Douce-

51

ment... CONCORDE. Elle respira profondément. Rien ne devait trahir son émotion. La première case, celle du lundi, était vide. Pas d'agression à Concorde ce jour-là. RIEN. Il était peut-être descendu plus loin, elle poursuivit jusqu'à Pont de Neuilly. Il y avait bien eu quelques agressions ce lundi-là, mais presque exclusivement des vols. Pas une agression sanglante sur cette partie de la ligne. Elizabeth vérifia le classement chronologique : entre dix-huit et vingt heures, il n'y avait eu que des vols, pas une goutte de sang. Les lignes et les cases dansaient devant ses yeux, elle dut s'interrompre.

— Excusez-moi... Certains jours, il n'y a rien...

— Qu'est-ce que vous cherchez au juste ?
Le ton était amical.

— Je vous l'ai expliqué, je fais une enquête pour le minis...

— Elizabeth, vous vous appelez bien Elizabeth n'est-ce pas, vous ne travaillez pour aucun ministère. Mais vous êtes venue ici pour chercher quelque chose... Et je veux vous aider.

Elizabeth croyait rêver. D'abord sa victime se volatilisait, ensuite un membre de la direction de la R.A.T.P., s'apercevant qu'elle lui mentait, lui offrait son aide. Pourquoi ne pas tout raconter, l'absurdité de la situation la poussait à le faire.

– Vous voulez tout savoir?

– Oui...

Elle vint s'asseoir face à Elizabeth.
– N'ayez pas peur, vous n'avez rien à craindre de moi. Laissez-moi vous aider, je vous en prie...

Tout en parlant, elle avait avancé sa main, une main probablement moite. Les yeux d'Elizabeth furent soudain attirés par le pull-over jaune et elle vit les deux seins dressés sous le fin lainage. Elle se leva brusquement.

– Vous ne pouvez pas m'aider! cria-t-elle.

Elle attrapa son manteau et son sac et, abandonnant sur la table les registres béants, elle se rua sur la porte. Avant de la refermer, elle eut le temps d'entrevoir une silhouette immobile, main toujours tendue.

Elle courut dans le couloir, le poing crispé sur ses lèvres. Elle ouvrit une porte au hasard, et demanda les toilettes. Une face interloquée lui répondit « au bout du couloir, à droite ». Elizabeth se remit à courir. Elle se retourna à plusieurs reprises craignant de découvrir derrière elle la tache jaune du pull-over de la jeune femme. Elle s'enferma dans les toilettes et s'assit sur le siège. Elle attendit d'avoir repris son souffle et sortit.

Elle trouva un taxi et, quelques minutes plus tard, tout le bureau s'extasiait devant son élégance. Elizabeth avait oublié de se changer.

Elizabeth se coucha. Elle n'avait pas sommeil. Elle lut un roman policier et éteignit la

lumière. Ses yeux refusaient de se fermer.
Elle ralluma, se leva et s'habilla. Elle enfila
son manteau et sortit. Elle avait envie de
marcher, de bouger. Elle avançait à grands
pas lents, appliqués, attentive aux mouve-
ments de ses chevilles, de ses genoux et de
ses hanches, au sol sous ses pieds et au balan-
cement de ses bras. Il était près de deux heures
et il faisait froid, les rues étaient presque
désertes. Devant un bar, trois personnes dis-
cutaient. Deux hommes et une femme. Elizabeth s'arrêta pour les observer. La femme
avait environ quarante ans, un peu fanée, belle
encore, blonde, élégante. Les deux hommes
étaient plus âgés, ils se ressemblaient, sans
doute deux frères. La femme aperçut Elizabeth, lui fit signe d'approcher et lui proposa
de se joindre à eux pour boire un verre. Elle
accepta sans hésiter. Ils entrèrent dans le bar
et s'installèrent à une table. Il n'y avait pas
de musique et la lumière était douce. Ils
commandèrent. L'un des deux hommes choisit
une tisane. L'autre homme et la femme parlèrent énormément. Elizabeth les écoutait en
silence. L'homme à la tisane ne disait rien, il
tournait machinalement une cuillère dans sa

tasse. La femme se leva, ils la suivirent. Dehors, ils proposèrent à Elizabeth de la raccompagner mais elle refusa, elle préférait marcher. La femme et l'homme volubile l'embrassèrent. Leur compagnon s'était écarté d'eux, il leur tournait le dos et sifflotait, mains dans les poches. Il ne salua pas Elizabeth. Elle s'éloigna lentement.

Elle s'éveilla de bonne humeur. Elle prit un bain et changea le pansement de son doigt. La plaie ne se refermait pas et la faisait légèrement souffrir. Elle la désinfecta, appliqua une gaze qu'elle fixa avec du sparadrap. Puis elle s'habilla. Au moment de passer son jean, elle se ravisa. Au bureau, ils l'avaient vue en jupe, pourquoi ne la remettrait-elle pas?

Toute la journée, elle tapa à la machine. Le soir, son doigt était terriblement douloureux. En rentrant, elle s'arrêta dans une pharmacie. La pharmacienne l'examina. Ce n'était pas beau à voir. Elizabeth s'inquiétait. Devrait-elle aller à l'hôpital ? Faudrait-il lui faire des points de suture ? La pharmacienne la rassura. Il fallait surtout bien nettoyer la plaie. Dès qu'elle fut chez elle, Elizabeth fit ce qui lui avait été conseillé. Elle trempa son doigt dans un antiseptique additionné d'eau chaude, le saupoudra d'une substance blanche et le recouvrit. Deux jours plus tard il était guéri et elle se félicita de n'avoir pas eu besoin d'aller à l'hôpital.

L'homme n'avait pas pu disparaître. Elle regarda ses mains. Il y avait eu du sang sur la droite et la gauche avait tenu le couteau ? Non, c'était le contraire, le sang à gauche, le couteau à droite. A ce moment-là, elle n'avait pas de pansement autour de l'index. Elle s'immobilisa, les yeux fixés sur sa main blessée. ELLE N'AVAIT PAS EU BESOIN D'ALLER À L'HÔPITAL. L'homme avait fait comme elle.

Le pharmacien de la rue Saint-Florentin avait effectivement soigné un homme blessé à la hanche environ trois semaines auparavant. La blessure était légère mais par précaution il lui avait fait un vaccin antitétanique. Il lui avait également conseillé d'aller voir un médecin. L'homme était étranger – il était Américain mais parlait très bien français – et ne connaissait pas de médecin à Paris. Le pharmacien lui avait pris un rendez-vous chez un bon généraliste du quartier. Il se souvenait de son nom. Un drôle de nom avec un prénom de femme. Cecil... Cecil Fox. Oui c'était cela : Cecil Fox. Et il habitait l'hôtel, un hôtel qui ne devait pas se trouver bien loin puisqu'il n'avait pas voulu prendre de taxi pour rentrer, il préférait marcher.

Américain... Non, pas américain. C'était trop loin l'Amérique. Elle ne pourrait jamais aller là-bas. Elle n'avait jamais voyagé de sa vie. Elle avait passé trois jours à Amsterdam avec Marie et c'était tout.

Elle irait. Elle irait même si c'était trop loin, trop cher, trop long, elle ne pouvait plus reculer, c'était trop tard. Et puis l'homme n'avait peut-être pas encore quitté Paris. Elle pourrait le retrouver, il suffisait de chercher son hôtel. Le pharmacien n'avait pas mentionné de femme. L'homme, Cecil Fox, était seul. Cecil Fox, le dos et le sang avaient enfin un nom.

Le lendemain, elle s'enferma dans son bureau et téléphona à tous les hôtels situés à proximité de la Concorde, à l'exclusion des hôtels de luxe : avec son vieux blouson, Cecil Fox n'était sûrement pas descendu dans un grand hôtel. Elle trouva un Robert Fox dans un établissement de la Madeleine, mais pas de Cecil Fox. Elle s'éloigna progressivement de la Concorde et essaya le quartier de la Bourse, les Champs-Élysées et le quatrième arrondissement. Rien. Blessé à la hanche, même légèrement, il n'avait pu aller beaucoup plus loin. A moins qu'il n'ait, comme elle, traversé la Seine... Elle reprit le guide Michelin et appela les hôtels de son quartier. Enfin, une voix féminine lui répondit qu'il y avait bien eu un M. Fox, Cecil Fox, qui était reparti la semaine passée. Elizabeth raccrocha. Elle avait trouvé. C'était l'hôtel *Saint-Simon,* rue Saint-Simon, tout près de chez elle. Elle s'y rendit le soir même. La réceptionniste ne fit aucune difficulté pour lui communiquer l'adresse de Cecil Fox. Elle consulta son registre et griffonna quelques mots sur une petite feuille qu'elle tendit à Elizabeth.

Elle attendit d'être dans la rue pour regarder l'adresse : 17, Upper Terrace. Hampstead. Londres. GRANDE-BRETAGNE. Le pharmacien s'était trompé, Cecil Fox n'était pas américain, il était anglais, anglais de Londres. Londres, ce n'était pas beaucoup plus loin qu'Amsterdam... Elle prendrait l'avion. Elle l'avait souvent pris pour aller à Nice, Bordeaux ou Toulouse.

Aller à Londres, ce ne serait pas vraiment voyager.

Elle consulta son agenda et fixa la date de son départ : le dernier week-end d'avril. Cela lui laissait une dizaine de jours. Elle réserva une place sur le premier vol du samedi matin. Elle passerait la nuit du samedi au dimanche chez des amis de ses parents qui l'avaient souvent invitée. Elle leur téléphona pour leur annoncer sa venue et ils se réjouirent à la perspective de l'accueillir enfin chez eux. Ils promirent de venir la chercher à Heathrow.

Il faisait de plus en plus doux. Elle fit l'achat de deux jupes légères, d'un chemisier de soie et d'une paire d'escarpins clairs. Elle se procura également un gros dictionnaire d'anglais. Elle rentra chez elle chargée de paquets et, pour la première fois, elle remarqua le désordre et la saleté qui régnaient dans son appartement. Dans la grande pièce, la bibliothèque surchargée de livres était calée par des liasses de cartons, un matelas recouvert d'un tissu beige servait de canapé et la moquette était jonchée de vieux journaux. Dans la cuisine, rien ne traînait. Par contre, le réfrigérateur regorgeait de pommes de terre germées, de feuilles de salade parcheminées, de croûtes de fromage et d'emballages sous vide. Dans l'évier, les cornets filtres pleins et mous des précédents matins voisinaient avec une tasse et une cuillère qui servaient chaque jour à Elizabeth. Les placards contenaient quelques assiettes, des bouteilles vides et une demi-douzaine de verres rendus opaques par le calcaire. Les étagères de la salle de bains étaient encombrées de médicaments périmés, de brosses à dents aux soies recourbées par l'usure et de divers tubes privés de bouchons. Le miroir était constellé de taches de dentifrice et des morceaux de savon translucides s'accumulaient aux coins d'une baignoire légèrement grise. Dans la chambre, il n'y avait qu'un grand lit qui n'était jamais fait. Le bureau servait de débarras.

Elizabeth regardait autour d'elle avec surprise. Comment avait-elle pu supporter de vivre là-dedans ? Elle avait souvent essayé de ranger, d'empiler les livres, de vider les poubelles, de plier ses affaires mais très vite l'ordre l'étouffait et tout redevenait comme avant. Aujourd'hui, ce spectacle la révoltait. Elle sortit en claquant la porte et revint une demi-heure plus tard avec des serpillières, des chiffons à poussière, des éponges, des torchons, des sacs-poubelles, des détergents de toutes sortes, pour le sol, pour les vitres, pour la vaisselle, pour l'émail, la faïence et la moquette. Elle consacra son samedi soir et son dimanche à tout vider. Elle entassa dans les sacs les comprimés décolorés, les sirops figés, les vieilles brosses et les peignes édentés, les boîtes à œufs vides et les bouteilles et tout le contenu du réfrigérateur.

Elle jeta les vêtements déchirés ou jaunis, les chaussettes dépareillées et les chaussures racornies. Elle changea les draps du lit et plia les sales. Enfin, elle descendit tout dans les poubelles collectives et abandonna sur le trottoir le matelas du salon. Elle emprunta l'aspirateur de ses voisins. A minuit, son appartement était propre. Elle se coucha exténuée et s'éveilla d'excellente humeur.

La semaine s'écoula dans le calme. Le vendredi soir, elle prépara sa valise et se coucha de bonne heure. Elle se réveilla à six heures, prit un bain, se lava les cheveux et appela un taxi. Elle vérifia à plusieurs reprises qu'elle n'avait pas oublié son billet et arriva à Roissy deux heures avant le début de l'enregistrement des bagages. Elle repéra tout de suite le guichet des British Airways. Rassurée, elle se promena dans l'aéroport et prit son petit déjeuner à la cafétéria. Elle acheta quelques magazines féminins et des cigarettes.

Ce ne fut qu'après avoir donné sa valise et reçu sa carte d'embarquement qu'elle comprit qu'elle allait partir, seule, à l'étranger. Elle n'était plus vraiment à Paris et pas encore dans l'avion. Elle était parfaitement heureuse. Tout était nouveau, les gens qui l'entouraient, la soie sur sa peau, le curieux arrière-goût du croissant qu'elle venait de manger, et elle n'avait pas peur. Elle voyageait.

Elle prit place dans l'appareil. Pendant qu'elle parcourait ses revues, une hôtesse lui apporta un plateau auquel elle toucha à peine. L'avion amorça sa descente sur Londres-Heathrow. Elle suivit les autres passagers vers la livraison des bagages et aperçut Sarah et Larry Wyke qui lui faisaient de grands signes. Elle récupéra sa valise et se précipita vers eux. Ils l'embrassèrent affectueusement et la trouvèrent très changée. Ils ne parlaient pas français et, à sa grande surprise, Elizabeth retrouva très vite ses connaissances d'anglais. Le trajet fut long. Ils arrivèrent enfin à Hammersmith devant la minuscule maison des Wyke. Pendant que Sarah préparait le repas, Larry installa Elizabeth dans l'ancienne chambre de son fils et lui montra la salle de bains. Elle rangea ses affaires, se lava les mains, le visage, et rejoignit ses hôtes pour déjeuner. Ils lui expliquèrent sur un plan comment se déplacer dans Londres et lui proposèrent de lui faire visiter la ville. Elle refusa gentiment, prétextant des rendez-vous de travail. Après le repas, Sarah lui donna un trousseau de clefs et Larry la déposa en voiture à une station de métro. Cecil Fox habitait exactement à l'autre bout de Londres mais il n'y avait qu'un seul changement. Il y avait peu de monde. Le train arriva. Elle s'assit sur la longue banquette, face au quai. Elle changea à King's Cross. Une demi-heure plus tard, elle était à Hampstead. Elle regarda son plan. Elle n'était pas très loin. Elle longea un cimetière, emprunta une rue déserte et déboucha dans Upper Terrace. La rue était composée de maisons et de jardins. 7, 9, 11, 13, 15. Elizabeth s'arrêta juste avant le 17. C'était une petite maison blanche à deux étages. Les volets et la porte étaient peints en vert sombre et un plant de vigne vierge grimpait le long de la façade. Une maison simple et gaie. Une voiture était garée sous un abri, une vieille Ford toute cabossée, probablement hors d'usage : le siège du conducteur était défoncé. Elle s'approcha de la maison. Il n'y avait pas de barreaux aux fenêtres mais d'épais rideaux l'empêchèrent de distinguer l'intérieur. Soudain, Elizabeth entendit des pas, elle tira le plan de son sac et le consulta comme si elle s'était égarée. Un vieil homme passa devant elle sans lui accorder le moindre regard et poursuivit son chemin. Lorsqu'il eut disparu, elle se dirigea vers la porte. Elle éleva sa main droite à la hauteur de la sonnette. Son geste resta en suspens. Elle laissa brusquement retomber son bras et fit volte-face. Elle demeura quelques secondes immobile et se mit à courir. Elle dévala Upper Terrace, dérapant sur les cailloux, se tordant les chevilles. L'un de ses talons se coinça entre deux pavés disjoints et elle retira ses chaussures. Elle arriva en vue du métro, s'arrêta et se rechaussa. Elle boitilla jusqu'au quai. Le train entrait en gare. Elle monta dans une rame au hasard et se laissa tomber sur la banquette. A l'aller, elle avait remarqué que les gens fumaient à l'intérieur des wagons. Elle alluma une cigarette et se détendit. Puis elle leva les yeux et s'aperçut que tous les regards étaient braqués sur elle. Elle était légèrement essoufflée et transpirait un peu, mais sa tenue était correcte. Elle n'avait pas de couteau dans son sac et personne ne la connaissait. Une vieille femme se leva et s'approcha d'elle. Elizabeth eut peur. La vieille lui baragouina quelques mots et elle comprit avec soulagement qu'elle

se trouvait dans un compartiment non
fumeurs. Elle sourit, s'excusa et écrasa sa
cigarette. Elle en avait assez du métro. Elle
descendit à l'arrêt suivant et prit un taxi
jusqu'à Hammersmith. Les Wyke étaient sor-
tis. Elle refit sa valise et leur écrivit un mot
pour les prévenir qu'elle était obligée d'écour-
ter son séjour et qu'elle leur téléphonerait de
Paris. Elle le laissa bien en évidence dans
l'entrée près du trousseau de clefs et claqua
la porte derrière elle.

Elle arriva chez elle vers minuit. Elle ne se
déshabilla pas, ne se coucha pas. Elle passa
la nuit assise sur son lit, la tête vide, le corps
tendu. Au lever du jour, elle prit un bain.
Elle se sentait inexplicablement sale et se
savonna à plusieurs reprises. Elle passa un
peignoir, alluma la radio qu'elle n'écouta pas.
Elle se fit du café et en but quelques tasses.
Elle reprenait peu à peu ses esprits. Elle ouvrit
son placard et rassembla tous ses vieux vêtements, ses jeans, ses tee-shirts et ses pulls à
col roulé. Elle les entassa dans la cheminée
et déposa le couteau dessus. Le feu prit rapi-

dement, répandant une sale odeur. Elle entrouvrit la fenêtre et quitta la pièce. Elle n'assista pas à la flambée. Lorsqu'elle revint, tout avait disparu, sauf le couteau. Elle le saisit brutalement et le laissa tomber avec un cri de douleur. Il était brûlant. Elle agita sa main, une grosse cloque blanche se formait déjà sur sa paume. Elizabeth sourit. Cette fois, au moins, elle ne l'avait pas fait exprès. Elle vida les cendres et rangea le couteau en haut de son placard. Elle détruirait tout ce qui lui rappelait le sang. Il appartenait à un temps révolu. Elle n'était plus une criminelle. Il n'y aurait plus de vêtements informes et plus de couteau, plus de blessures et plus de crasse. Elle retournerait à Londres et elle verrait l'homme. Le sang n'aurait plus jamais de prise sur elle.

Elle reprit un billet pour le samedi suivant, toujours par le même vol. Elle réserva une chambre dans un hôtel proche du British Museum. Elle ne retournerait pas chez les Wyke. Un soir, en rentrant du bureau, elle commanda un canapé et deux fauteuils. Elle avait de l'argent, tout ce qu'elle n'avait pas dépensé pendant des années. Elle ne vivrait plus comme avant.

Le samedi matin, elle se présenta au guichet d'embarquement à l'heure indiquée sur le billet. A Londres, elle se rendit directement à son hôtel et prit possession de sa chambre. Elle mangea des gâteaux dans une pâtisserie polonaise et visita Harrod's. Elle prenait son temps.

A dix-huit heures, elle était devant la petite maison blanche aux volets verts et elle n'avait pas peur. Elle appuya sur le bouton de la sonnette. Elle entendit un pas traînant et fit la grimace. La porte s'ouvrit enfin. L'homme qui se tenait devant elle avait au moins soixante-dix ans. Il la dévisagea sans bienveillance et lui demanda ce qu'elle désirait. Cecil? Mais à cette heure-ci, il était aux Riverside studios... Le vieil homme éternua et se moucha bruyamment. Il repoussa légèrement la porte. Elizabeth le remercia et s'excusa. La porte claqua. Riverside studios... Elle rentra à son hôtel et interrogea le réceptionniste. Riverside studios était un théâtre situé à l'ouest de Londres, à Hammersmith... Elizabeth prit un taxi. Que pouvait-il bien faire dans un théâtre? Et le vieil homme? C'était sûrement son père. Cecil Fox devait être jeune. Trente ans, peut-être trente-cinq, pas plus. Le taxi s'arrêta devant une longue bâtisse plate et grise. Riverside studios. Elle régla la course et poussa une porte vitrée maculée de traces de doigts. C'était une vaste cafétéria. Assis autour de petites tables de bois, des jeunes gens mangeaient des sandwiches et buvaient de la bière. Elle ne pourrait jamais retrouver Cecil Fox dans cette foule. Elle vit les affiches. *King Lear* en grandes lettres bleues suivi d'une liste de noms classés par ordre alphabétique. En cinquième position venait Cecil Fox. *Le Roi Lear* joué par une troupe de jeunes... Elizabeth fut tentée de partir puis se ravisa. Elle n'était pas venue au théâtre, elle était venue voir Cecil Fox, elle ne repartirait pas sans l'avoir vu. La représentation commençait à vingt heures, elle avait tout juste le temps de prendre son billet.

Elle pénétra dans la salle. Il n'y avait plus une place sur les gradins de béton. Elle demanda à un grand jeune homme blême de se pousser un peu et s'assit à ses côtés. Elle regarda sur les genoux de ses voisins. Personne ne semblait avoir de programme et il n'y avait pas d'ouvreuse dans la salle. Elle connaissait la pièce et était prête à parier que Cecil Fox tiendrait le rôle d'Edmond. Oui, Edmond. Edmond ou Edgar, l'un ou l'autre. Plutôt

Edmond. Les lumières s'éteignirent brusquement, la scène s'éclaira et les acteurs entrèrent. Kent, Gloucester puis Edmond... Non, pas lui. Elle cacha son visage entre ses mains. Pourquoi, pourquoi avait-elle frappé cet homme? « ATTEND THE LORDS OF FRANCE AND BURGUNDY, GLOUCESTER. » Elizabeth se leva d'un bond. Cecil Fox! C'était la voix du dos, c'était la voix du sang. C'était lui. Elle restait sourde aux protestations qui s'élevaient derrière elle. Son voisin la tira par la manche et lui chuchota quelques mots. Elle se rassit. « Of all these bounds, even from this line to this... »

C'était lui, elle le savait. C'était le roi Lear et pas l'un des deux jeunes. Ses joues brûlaient. Elle aurait voulu se lever, marcher, bouger mais ne plus rester assise. Elle ne regardait pas la scène. Elle serrait les poings, fermait les yeux, elle se débattait dans cette voix. Puis elle ne se défendit plus et la voix l'emporta.

A l'entracte, elle ne quitta pas sa place. Elle resta assise, haletante et radieuse. Elle avait enfin retrouvé Cecil Fox, elle l'avait entendu, elle l'avait vu. Mais non, elle ne l'avait pas vu. La voix l'en avait empêchée, elle avait oublié de la regarder.

Pendant les deux derniers actes, elle essaya de distinguer ses traits mais le visage de Cecil Fox était invisible sous les fausses rides, les fards, la perruque, la barbe et les moustaches blanches postiches. La grande robe du roi dissimulait entièrement son corps. Il se tenait légèrement voûté et elle ne put reconnaître son dos. Mais c'était Cecil Fox, ce ne pouvait être que lui. Les acteurs vinrent saluer. Ils levèrent les bras se tenant par la main, et les manches de la robe du roi Lear glissèrent, découvrant ses poignets. Ils étaient blancs et lisses. Après plusieurs rappels, les acteurs disparurent et la salle se vida. Elizabeth demanda les coulisses. On lui désigna une petite porte qu'elle poussa sans hésitation. Elle était seule dans un étroit couloir. Elle entendit des rires et des éclats de voix. Cecil Fox ne serait peut-être pas seul dans sa loge. Elle vit son nom sur la quatrième porte, frappa doucement et attendit. Rien, pas un bruit. Elle frappa une seconde fois, plus fort. Il était encore temps de partir. La porte s'ouvrit brusquement et le roi Lear apparut, une serviette à la main.

Elizabeth restait immobile, incapable de prononcer la moindre parole. Il la dévisagea longuement et l'invita à entrer. Ce ne fut que lorsqu'elle entendit la porte se refermer qu'elle s'aperçut qu'il lui avait parlé en français. Il s'installa à une petite table et entreprit de se démaquiller. Il l'observait dans la glace. Elizabeth s'assit lentement sur une chaise et ferma les yeux. Elle l'entendait déboucher des flacons, les reposer. Il respirait fort. Peut-être n'avait-il pas encore repris son souffle. Il poussa un léger grognement. Elle rouvrit les yeux. Il s'était levé et se tenait debout devant elle. Il lui tendait une feuille de papier et un crayon. Toujours en français, il lui demanda d'y inscrire son numéro de téléphone. Il ajouta qu'il comptait retourner à Paris dans les semaines qui suivaient et qu'il l'appellerait. Elizabeth fit ce qu'il demandait, se leva à son tour et quitta la loge sans un mot.

Elle rentra à l'hôtel et s'allongea sur son lit. Elle n'avait même pas vu son visage. Tout s'était passé si vite. Elle avait juste remarqué qu'il restait un peu de noir sur le bord de ses paupières. Il n'avait pas retiré la robe du roi Lear, elle se rappelait la feuille blanche se découpant sur la lourde étoffe bleue. Il n'avait pas voulu se déshabiller devant elle. Il viendrait à Paris ou plutôt il reviendrait à Paris... Il s'était adressé à elle en français, il savait qu'elle était française. Et elle ne connaissait toujours pas son visage.

Le dimanche matin, elle se promena dans les rues de Londres. Elle observait les passants. Si, par hasard, elle croisait Cecil Fox, pourrait-elle le reconnaître? Elle rentra à Paris en début d'après-midi, exténuée. Elle avait mal dormi et n'avait rien mangé depuis les gâteaux de la veille. Elle n'eut pas le courage de redescendre acheter quelque chose. Elle passa le reste de la journée à lire et s'endormit tôt.

Elle retrouva avec plaisir son bureau et déjeuna avec les autres. Elle faisait désormais partie de leur équipe. Ils savaient qu'elle avait passé son week-end à Londres mais ne posèrent pas de questions. Elle dîna avec son ami David et venait de se coucher lorsque le téléphone sonna. Elle reconnut immédiatement Cecil

Fox. La voix était douce, atténuée par la distance.

« Comment vous appelez-vous ? »

Elizabeth se souvint qu'elle n'avait noté que son numéro de téléphone et rien d'autre sur la feuille blanche. Elle lui dit son nom. La voix de Cecil Fox se fit plus forte :

« Je serai à Paris le 20 mai, j'aimerais vous voir. Je vous rappellerai d'ici là... »

La voix s'était tue. Il avait raccroché. Elizabeth reposa le récepteur. Il l'avait appelée !

Il la rappela quelques jours plus tard et confirma son arrivée le 20 dans l'après-midi. Elizabeth ne s'étonna pas de son appel. Il y en aurait d'autres. Elle le verrait enfin.

Elle travaillait. On lui avait livré le canapé et les fauteuils. Elle arrangeait son appartement et faisait des courses. Elle acheta des boîtes de conserve, de l'huile, du vinaigre, des bacs à glaçons et des serviettes en papier. Elle attendait.

Lorsqu'elle rentra du bureau le 20 mai, le téléphone sonnait. La voix était légèrement impatiente. Il lui donna rendez-vous vers huit heures dans le bar d'un hôtel de la rue de l'Université. Elle prit un bain, s'habilla, se maquilla à peine. Il faisait doux, elle sortit sans manteau. Elle pénétra dans le bar. Il vint à sa rencontre. Il n'était pas beaucoup plus grand qu'elle. Il portait un blouson de cuir presque neuf. Il avança la main vers elle mais ne la toucha pas. De son bras tendu, il désigna une table. Ses gestes étaient amples. Il était massif, épais, dur et beau. Il n'avait pas moins de quarante-cinq ans et pas plus de cinquante-cinq. Ils s'assirent. Il fit un signe au serveur et commanda. Elizabeth l'entendait respirer. Les consommations arrivèrent.

Elle ne sut pas ce qu'elle buvait. C'était bon. Ils sortirent. Dans la rue, il lui prit le bras mais elle n'aima pas le contact du cuir neuf et se dégagea doucement.

Il l'emmena dans un restaurant du quartier. Là, ils se parlèrent. Il ne savait pas encore combien de temps il resterait à Paris, tout dépendait d'une tournée qu'il organisait. Plusieurs pièces de Shakespeare à Paris et dans quelques villes de province. Elle lui parla à son tour de ce qu'elle faisait, brièvement, avec des mots plats, comme si son travail n'était que provisoire. Il la raccompagna devant sa porte, ils se quittèrent sans se serrer la main.

Ils se revirent le lendemain soir. Après le dîner, il vint prendre un verre chez elle. Il resta assis pendant qu'elle s'affairait dans la cuisine. Il ne regarda ni les livres ni le reste de l'appartement. Elle prépara deux whiskies mais laissa les verres sur le plateau, devant eux. Cecil s'était levé, probablement pour l'aider. Elle s'approcha de lui et posa la main sur son ventre. Elle fit lentement bouger ses doigts, elle sentit sa peau à travers la chemise de coton. Il respirait fort. Elle n'avait pas pu l'entendre respirer ainsi dans le métro. Elle posa sa bouche sur les lèvres de Cecil. Sa langue était dure, l'intérieur de ses joues et ses gencives étaient doux et lisses. Il avait un bon goût de tabac. Il grognait doucement. Enfin, il la serra contre lui.

Il était allongé sur le lit. Penchée sur lui, Elizabeth parcourait sa peau très blanche, sa chair robuste et grasse. Ils firent l'amour. Puis elle ramena les couvertures sur eux et éteignit. Son bras reposait sur le ventre de Cecil. Elle ne savait pas s'il dormait et n'osa pas parler. Elle n'avait envie de rien d'autre que de ce ventre qui se soulevait doucement, au rythme de sa respiration régulière. Elle resta ainsi, immobile dans le noir, attentive au bruit qui venait de ce corps blanc étendu à son côté. La respiration se fit de plus en plus forte, le ventre enflait, se tendait puis retombait et recommençait. Cecil ronflait. Il ronflait terriblement fort. Un ronflement animal, presque un rugissement. Elizabeth se détendit, elle ne s'était jamais sentie aussi bien. Lorsqu'elle se réveilla, Cecil était déjà tout habillé. Il avait fait du café et était descendu acheter des croissants et des brioches. Il en dévora cinq. Elizabeth l'observait avec étonnement. Il mangeait comme il ronflait. Il regarda sa montre et se leva, il avait un rendez-vous. Il la quitta en lui disant « A ce soir ».

Plusieurs fois au cours de la journée, elle flaira ses doigts. Ils sentaient encore le sperme et cette odeur la rassura.

Ils firent un excellent dîner et burent beaucoup. La voix de Cecil se faisait tonitruante et les gens les regardaient. Elle riait. Ils rentrèrent à pied. Elizabeth découvrait le corps de Cecil. Elle aurait aimé être ensevelie sous cette chair crémeuse, écrasée par ce ventre tendre. Mais ce fut elle qui vint s'allonger sur lui.

Le lendemain matin, elle fit couler un bain. Cecil entra dans la baignoire et la fit déborder.

Le soir, il arriva chez elle chargé de sacs. Il avait acheté du café de meilleure qualité que celui qu'elle avait l'habitude de prendre, des biscuits d'apéritif et des ampoules électriques de rechange. Il poussa Elizabeth hors de la cuisine. Il réapparut quelques minutes plus tard et déposa devant elle deux verres pleins et des soucoupes de cacahuètes et d'olives. Elle goûta. Le bord du verre était enduit de sucre, c'était délicieux. Il guettait sa réaction, elle le félicita. Il s'assit auprès d'elle et se servit. Il lui raconta sa journée. Il avait décidé de mettre lui-même en scène *Richard III* et *Le Roi Lear*. Tout se présentait bien, il obtiendrait probablement tous les théâtres qu'il désirait.

Le lendemain, il annonça à Elizabeth qu'il resterait à Paris au moins quatre mois. Une semaine plus tard, il s'installait chez elle.

Elle avait libéré un placard et une partie de la penderie afin qu'il y rangeât ses affaires. Elle lui avait fait faire une clef dont il se servait à peine : il partait généralement avant elle et rentrait vers huit heures. Alors il sonnait et elle venait lui ouvrir.

Elle supportait mal qu'il la laissât seule. Dans la journée, elle travaillait beaucoup mais lorsqu'elle rentrait chez elle, son absence lui était intolérable. Elle s'était habituée au bruit de sa respiration. Quel que soit l'endroit où elle se trouvait, elle l'entendait respirer. Privée du souffle de Cecil, elle était sans vie. Il n'était pas indispensable qu'il lui parlât ou qu'il la touchât, l'entendre lui suffisait. Et elle savait aussi qu'elle ne pourrait plus s'endormir sans son ronflement.

Elle ne connaissait pas grand-chose de sa vie. Il avait été marié trois fois et n'avait jamais eu d'enfants. Dans sa jeunesse, il avait longtemps hésité entre le théâtre et l'équitation. A Londres, il montait à cheval plusieurs heures par jour. Il l'avait à peine questionnée et elle ne s'en plaignait pas, elle n'avait rien à raconter. Sa vie avait commencé le jour où elle l'avait rencontré. Le jour où elle l'avait rencontré... Était-ce le jour où elle l'avait frappé? Était-ce le jour où elle l'avait vu jouer? Le jour de son arrivée à Paris? La Concorde, la pluie, le sang et le couteau appartenaient désormais à une autre époque, à une autre femme dont elle ne se souvenait plus très bien.

Ils vivaient ensemble depuis près de quinze jours lorsqu'un soir, en arrivant chez elle, elle eut la surprise de le trouver dans la cuisine. Il épluchait soigneusement des légumes et des fruits. Absorbé par sa tâche, il ne l'entendit pas entrer. Elle l'observa en silence, attendrie par le spectacle de ce corps volumineux dont toute l'énergie semblait concentrée sur le découpage en fines lamelles d'une pomme reinette. Il se tourna vers elle, se leva et tenta de la pousser hors de la cuisine.

– Qu'est-ce que tu fais?

– J'ai pensé qu'il fallait commencer par un curry, english speciality. Mais va t'asseoir, je vais t'apporter quelque chose à boire...

Elle but son cocktail dans le salon. Comment tout cela pouvait-il lui arriver, à elle? Comment avait-il pu se passer tant de choses? Il la rejoignit pendant que le curry mijotait et il lui expliqua ses idées de mise en scène pour *Richard III*. Il parla avec passion tout le temps que dura la cuisson. Il ne s'interrompit qu'une fois, pour mettre le riz sur le feu. Le dîner fut prêt. Elizabeth prit place à table pendant que Cecil débouchait une bouteille de chablis. Puis il apporta le curry et le riz et s'assit face à elle. Sur la table, il y avait des chutneys de toutes sortes, des sauces vertes, rouges, noires, des citrons confits, des poudres. Où et quand avait-il trouvé tout ça? Il ne les avait quand même pas rapportés d'Angleterre? Elle se servit et commença à manger. Elle n'avait jamais rien goûté d'aussi bon. C'était extraordinaire. Salé et sucré, doux et acide, brûlant et rafraîchissant, même le riz avait du goût. Chaque bouchée était différente de la précédente et chaque fois c'était un goût différent qui dominait. Cecil n'avait pas encore touché à son assiette. Ce ne fut que lorsqu'il fut bien sûr qu'elle appréciait qu'il consentit à manger à son tour.

Ils se levèrent de table. Cecil voulut faire la vaisselle mais Elizabeth l'en empêcha. Depuis son premier voyage à Londres, elle s'était arrangée avec ses voisins. Leur femme de ménage venait désormais deux heures par semaine. Cecil avait du travail, Elizabeth se coucha, seule. Elle avait légèrement entre-bâillé la porte de la chambre pour pouvoir l'entendre. Elle dormait lorsqu'il vint se glisser près d'elle.

Ils se voyaient tous les soirs, seuls. Elizabeth téléphonait de plus en plus rarement à David et à Marie qui, découragés, ne l'appelaient plus. Ils ne lui manquaient pas. Elle ne s'ennuyait jamais avec Cecil. Elle avait débarrassé son bureau afin qu'il eût un endroit où travailler. Lorsqu'il s'y installait, elle s'asseyait dans le salon. Elle pouvait rester des heures ainsi, sans bouger, sans lire, sans rien faire. Elle l'écoutait respirer, déplacer des papiers, marcher de long en large, grommeler. Il n'était jamais complètement silencieux. Elizabeth fermait les yeux et se repaissait de sa présence.

Il s'habillait simplement, sans coquetterie

ni recherche, mais il était extrêmement soigneux. Il ne laissait rien traîner et ses vêtements étaient toujours parfaitement rangés. Il fumait mais les cendriers étaient toujours vides et propres. Il ne salissait rien, l'appartement était toujours impeccable.

Un soir en rentrant, Elizabeth entendit, venant de la cuisine, le clapotis mou d'une serpillière. Elle fronça les sourcils, la femme de ménage était déjà venue la veille... C'était Cecil, Cecil qui lavait avec application le carrelage de la cuisine.

— Mais qu'est-ce que tu fais? C'était tout propre!

Il retira les gants de caoutchouc et s'approcha d'elle.
— Je te prépare une surprise pour le dîner, je veux une cuisine propre.

Elizabeth n'ajouta rien. Elle avait eu une journée fatigante, elle se fit couler un bain pendant que Cecil s'affairait. Puis elle voulut l'aider mais il lui interdit d'entrer. Enfin, il l'appela. Elle pénétra dans la cuisine.

Une bouteille de bourgogne blanc rafraîchissait dans un seau à glace. Au milieu de la table, sur un immense plateau qu'Elizabeth ne connaissait pas, Cecil avait disposé sur des algues et de la glace pilée une multitude d'huîtres. A côté de chaque assiette, il avait savamment plié une serviette d'épais tissu blanc. Il avait même pensé aux fourchettes à huîtres! Et Elizabeth avait horreur des huîtres. Cecil était ravi de sa surprise. Il regardait Elizabeth. Elle se força à sourire et avala les huîtres avec du pain de seigle beurré et du vinaigre à l'échalote. Il mangea à son tour, sans laisser échapper la moindre goutte d'eau de mer. Il essayait d'attraper tout ce qui restait dans les coquilles. Le plat fut enfin vide. Lorsque Elizabeth eut quitté la cuisine, Cecil fit la vaisselle et rangea tout.

Ils se couchèrent. Cecil s'était déshabillé. Elizabeth s'approcha de lui, effleura sa poitrine et ses épaules rondes. Il se laissait faire, il se laissait toujours faire. Elle avait posé ses lèvres sur chaque ride de son visage et de son cou, sur chaque pli de son ventre. Elle connaissait l'odeur de ses cheveux, le goût de chacun de ses orteils et celui de son nombril. Elle savait où sa chair était tendre et où elle était dure. Elle s'écarta de lui, elle ne se sentait pas très bien. Elle s'enferma dans la salle de bains et revint se coucher un quart d'heure plus tard. Le malaise persistait. Cecil ne dormait pas, il s'inquiétait. Elle le rassura, elle avait sans doute mangé trop d'huîtres... Il se blottit contre elle. Dès qu'il commença à ronfler, le malaise d'Elizabeth se dissipa.

L'appartement se modifiait peu à peu. Cecil avait acheté une table basse, plusieurs lampes, un petit coffre de bois pour ranger les vieux journaux qu'Elizabeth souhaitait garder et une multitude d'ustensiles de cuisine dont elle ignorait l'usage.

Elle se rendit un jour chez les voisins pour payer la femme de ménage et apprit avec stupeur que Cecil l'avait congédiée trois semaines auparavant. Comment trouvait-il le temps et l'énergie pour tout faire? Il travaillait beaucoup, parfois tard dans la nuit, il faisait la cuisine, s'occupait du ménage. Et tout cela sans qu'elle s'en aperçût.

Elizabeth n'avait jamais été très gourmande mais elle aimait la cuisine de Cecil comme elle aimait son corps. Elle mangeait sans voracité ni précipitation tout ce qu'il lui donnait. Elle mâchait longuement chaque bouchée, craignant d'en laisser échapper la saveur. Elle mangeait tout, le gras des viandes, la peau des légumes et des volailles, la croûte des fromages et la mie du pain. Elle rongeait les os et croquait les cartilages. Elle finissait tout ce qu'elle avait dans son assiette et ne laissait qu'à regret les arêtes de poisson, les gros noyaux et les os trop durs. Plus rien ne lui inspirait le moindre dégoût, elle se sentait bien en sortant de table et ne grossissait pas.

C'était l'été. La cuisine de Cecil se faisait plus fraîche, plus légère. Elizabeth avait moins de travail et les déjeuners du bureau se prolongeaient tard dans l'après-midi. Elle retrouvait avec volupté la petite pièce tapissée de dossiers et les odeurs de tabac froid. Elle s'y attardait parfois en fin de journée et lisait un peu avant de rentrer chez elle.

Un soir, Cecil lui annonça qu'il devait retourner une semaine à Londres. Il partirait le dimanche soir et rentrerait le samedi suivant. Elizabeth ferma les yeux. Elle n'avait jamais pensé qu'il pourrait la quitter, même une petite semaine. Il lui promit qu'il l'appellerait souvent et que le temps passerait vite.

La veille de son départ, ils se promenèrent.

Elizabeth voulait s'acheter des vêtements d'été. Elle souhaitait avoir l'avis de Cecil. Elle essaya devant lui des jupes, des chemises et des robes et lui demanda ce qu'il en pensait. Il n'aimait pas les couleurs vives, à part ça, il ne pensait rien. La trouvait-il belle ? Il ne lui avait jamais fait ni compliments ni critiques. Il ne semblait guère prêter attention à la façon dont elle s'habillait. La regardait-il au moins lorsqu'elle était nue ? Il connaissait ses mains et ses lèvres, l'intérieur de son sexe et celui de sa bouche mais que savait-il de son corps ? Il voulut lui offrir la robe qu'elle seule avait choisie, elle refusa catégoriquement.

Pour leur dernière soirée, ils dînèrent dans un bar à bière. Elizabeth aimait beaucoup cet endroit, les tables graisseuses et l'odeur de graillon. Ils mangèrent des frites et goûtèrent plusieurs sortes de bières. Elle était ravie et avait presque oublié le départ de Cecil.

Ils se réveillèrent tard. Elizabeth l'observa pendant qu'il faisait ses bagages et fut rassurée de voir qu'il laissait dans le placard une grande partie de ses affaires. Ils ne déjeunèrent pas et, à quatre heures, Cecil commanda un taxi. Elizabeth ne voulait pas l'accompagner à l'aéroport. Ils se quittèrent au bas de l'escalier.

Elle remonta lentement chez elle. L'appartement était vide. Elle n'osa pas s'asseoir sur les coussins bien gonflés du canapé. Elle avait envie de fumer une cigarette mais elle y renonça. Elle ne salirait pas les cendriers nettoyés par Cecil. Elle restait plantée au milieu de la pièce, les bras ballants. Elle alla dans la chambre, le lit était fait. Elle ne l'avait même pas vu faire. Elle prit un bain, enfila un peignoir. Elle alluma la télévision et s'assit par terre. Elle garda près de six heures les yeux fixés sur l'écran. Elle vit une émission sur les animaux, les actualités, une comédie musicale et un vieux film français. Puis il n'y eut plus d'images et elle éteignit. Elle se coucha. Elle avait faim. Elle se leva et ouvrit le réfrigérateur. Il contenait plusieurs petits plats recouverts de papier d'aluminium. Intriguée, elle les défit et poussa un cri de surprise. Cecil lui avait préparé des repas pour tout le temps que durerait son absence! Elle prit des couverts et mangea du saumon accompagné d'une sauce aux fines herbes et d'une macé-

doine de légumes frais. Elle se recoucha et
s'endormit vite.

La sonnerie du téléphone la réveilla à huit
heures. C'était Cecil. Il était bien arrivé. Il
lui donna tous les numéros où elle pourrait le
joindre à Londres. Elle travailla sans prendre
le temps de déjeuner et rentra tard. Elle s'assit
sur l'un des fauteuils et essaya de lire mais
le silence l'en empêcha. Elle alluma la radio
mais ne parvint toujours pas à se concentrer
sur sa lecture. Rien ne remplacerait le bruit
de Cecil. Elle se leva et regarda autour d'elle.
Sur la table basse, deux cendriers étaient
symétriquement placés de part et d'autre d'une
petite coupe contenant des paquets de cigarettes. L'écran de la télévision brillait, impeccablement propre. Elle s'approcha de la bibliothèque et s'aperçut que Cecil avait entrepris
de classer les livres par ordre alphabétique.
Elle passa son doigt sur la plus haute étagère :
pas un grain de poussière. L'eau des fleurs
était limpide et la corbeille à papiers était
vide, le tapis parfaitement parallèle au canapé.
Elle étouffait, elle ne pouvait plus vivre là-

dedans. Quand Cecil était là, elle supportait tout mais sans lui, c'était impossible. Elle déplaça timidement les cendriers et dérangea les coussins. Elle prit quelques livres et les posa, au hasard, sur le canapé et sur le tapis. Elle se servit un verre de jus de fruit qu'elle abandonna, vide et sale sur la table. Elle alluma plusieurs cigarettes, les écrasa dans tous les cendriers. Elle poussa les meubles, renversa le vase, ouvrit le placard et en fit tomber tous les vêtements. Elle s'empara d'une chemise et la déchira. Elle regarda avec stupeur les lambeaux effilochés de coton bleu clair qu'elle tenait dans ses poings serrés. C'était une chemise de Cecil... Mais pourquoi était-il parti? Elle plia doucement les morceaux de tissu et les déposa dans le tiroir de la table de nuit, du côté où elle avait l'habitude de dormir. Elle ne devait pas rester seule. Elle appellerait Marie, David, tous ses amis et s'ils voulaient toujours la voir, elle dînerait avec eux et rentrerait juste pour se coucher.

Elle passa sa soirée au téléphone et organisa sa semaine.

Elle fut très heureuse de retrouver Marie le lendemain soir. Elle lui parla de Cecil pendant tout le dîner sans lui laisser le temps de poser la moindre question. Elle essaya de le décrire, de raconter sa vie avec lui, la façon dont il faisait la cuisine, dont il avait arrangé l'appartement. C'était la première fois qu'elle parlait de lui. Ce soir-là, elle s'endormit paisiblement.

David avait lui aussi une grande nouvelle à lui annoncer : sa compagne était enceinte, il allait bientôt être père. Ils cherchaient un nouvel appartement et se posaient des problèmes de crèche et d'organisation. Elizabeth n'eut que le temps de lui dire qu'elle vivait avec quelqu'un. David ne lui donna pas l'impression de vouloir en savoir davantage, il était pressé de rentrer retrouver la mère de son futur enfant. Elizabeth n'insista pas.

Le mercredi soir, elle ne sortit pas. Elle profitait de son désordre. Elle aurait tout le temps de ranger le samedi matin, avant le retour de Cecil. Elle choisit une assiette de jambon de Parme, tomates et mozzarella. Il fallait absolument qu'elle mangeât tout ce que Cecil lui avait préparé. Il y avait six plats, un pour chaque jour. Elle en avait déjà mangé deux, il en restait quatre et il n'y avait plus que deux soirs avant son retour. Il n'était pas question de partager avec qui que ce soit et elle se refusait à jeter ce qui venait de Cecil. En plus, il faisait chaud et même au réfrigérateur la nourriture risquait de s'abîmer. Elle devrait tout terminer le plus vite possible mais sans se forcer, il serait stupide d'être malade pour le retour de Cecil. L'idéal eût été qu'il ne rentrât que le dimanche. Cela lui aurait permis de déjeuner et dîner chez elle le samedi et de tout finir.

Le lendemain, pour la première fois depuis qu'elle avait commencé à travailler, elle rentra chez elle à l'heure du déjeuner. Elle s'installa sur le canapé du salon et dévora du poulet et des haricots verts. Cecil s'était souvenu qu'elle préférait l'aile.

Il l'appela l'après-midi au bureau. Elle ne s'était pas rendu compte qu'elle était sans nouvelles de lui depuis trois jours. Elle pensait sans arrêt à lui mais elle avait complètement oublié de lui téléphoner. Elle ne sut quoi lui dire et, lorsqu'il raccrocha, elle s'aperçut qu'elle ne l'avait même pas remercié pour ce qu'il avait laissé dans le réfrigérateur.

Elle ne put rentrer chez elle le vendredi à midi et mangea l'avant-dernier plat le soir. Cecil la rappela pour lui confirmer son heure d'arrivée. Elle irait le chercher à Roissy. Elle consacra toute la matinée du samedi à ranger l'appartement. Elle retapa les coussins, nettoya les cendriers, racheta des fleurs, jeta les vieux journaux, vida les poubelles et replaça les livres dans la bibliothèque. Elle plia tous les vêtements qu'elle avait fait tomber et en fit de belles piles régulières. Avant de refermer le placard, elle se rappela que le couteau devait toujours s'y trouver. Elle eut envie de le revoir. Elle glissa sa main sur la dernière étagère, en haut à droite, et ne sentit rien. Elle l'avait probablement poussé en rangeant.

Elle grimpa sur un tabouret et souleva les piles de vêtements. Rien. Elle fouilla les autres étagères. Cela faisait si longtemps, elle ne se souvenait plus très bien. Le couteau n'était plus dans le placard. C'était peut-être Cecil qui l'avait pris... Il fallait bien que ce soit lui. Entre eux, il n'avait jamais été question du métro, jamais. Tout avait été si rapide et le métro était si loin. Comment avait-elle pu faire une chose pareille ? Elle regarda ses jambes nues et ses jolies sandales. Elle avait tellement changé depuis. Elle vit sur la table le dernier petit plat, vide. Comment s'habillait-elle, que mangeait-elle, comment dormait-elle avant Cecil ? Cecil allait rentrer, elle allait le revoir. Elle lava le petit plat. Elle avait juste le temps de prendre un taxi.

A Roissy, elle l'aperçut avant qu'il la vît. Il marchait sans se hâter. Il portait sa valise mais, contrairement à celle des autres voyageurs, elle ne pendait pas au bout de son bras, il la tenait fermement, le coude légèrement fléchi. Elle courut à sa rencontre. Il ne l'embrassa pas mais la serra contre lui. Lorsqu'il se détacha d'elle, Elizabeth ne

104

résista pas à l'envie de soulever la valise. Elle était très lourde.

Il lui trouva mauvaise mine. Dans le taxi qui les ramenait chez elle, Elizabeth se laissa aller contre lui, contre son beau et gros ventre qui se soulevait calmement. Elle retrouvait enfin le bruit de Cecil.

Il défit sa valise. Il avait rapporté des vêtements légers. Elizabeth le regarda les ranger. Il mettait les tee-shirts avec les tee-shirts, les chemises avec les chemises et pendait soigneusement ses pantalons. Comment un homme aussi énergique pouvait-il être méticuleux à ce point ? Elle l'aurait plutôt imaginé désordonné, jetant ses habits n'importe où, laissant tout traîner. D'autant plus que Cecil ne se coiffait jamais – il était toujours ébouriffé –, ne se rasait pas tous les jours et ne se parfumait pas. Il aligna ses affaires de toilette au-dessus du lavabo et se changea. Elizabeth le voyait rarement à la lumière du jour. Sa peau était laiteuse, ferme, éclatante, tout son corps était à la fois gras et musclé.

Ils dînèrent à la terrasse d'un grand restaurant. Cecil mangea énormément et Elizabeth profita de ce que ce n'était pas lui qui avait fait la cuisine pour tout laisser dans son assiette.

Une nuit, la chaleur empêcha Elizabeth de trouver le sommeil. Elle ralluma et essaya de lire. Cecil dormait, allongé sur le ventre. Il avait rejeté le drap et Elizabeth s'aperçut soudain qu'elle n'avait jamais vraiment vu son dos. Le corps de Cecil, c'était avant tout son ventre. Elle posa son livre et détailla le large dos. Elle connaissait ses épaules et sa nuque mais n'avait jamais prêté attention au doux renflement des omoplates, à la ligne incurvée de la colonne vertébrale, à la peau, douce sur les côtes, grenue sur les fesses, aux poils soyeux au creux des reins. Et elle n'avait jamais remarqué la brève et pâle ligne à peine visible sur la surface crémeuse de la hanche droite... Moins d'un centimètre, légèrement rose, une toute petite cicatrice. Elizabeth en approcha son index mais ne put aller plus loin. C'était un homme qu'elle avait failli tuer qui dormait à présent à ses côtés. En avait-elle douté? Était-ce vraiment si loin? Elle revoyait tout, les grilles des Tuileries, la pluie, Marie plongée dans la lecture du menu, les toilettes du restaurant, la fièvre, les sacs du B.H.V., le contact duveteux du blouson de daim. Elle revit sa coiffure informe et ses vieux vêtements, le pull-over jaune, les murs gris et les cases blanches, le sang qui coulait de son doigt et l'homme à la tisane. Et puis il y avait eu le pharmacien, Londres et le roi Lear. Et Cecil Fox. Et le souffle de Cecil avait tout balayé.

C'était une toute petite cicatrice, elle l'avait donc à peine blessé, mais suffisamment pour qu'il y ait eu du sang sur son couteau et pour que Cecil fût obligé de racheter un autre blouson. Mais il était là. Il ronflait et le métro était loin. Elle l'avait rencontré au théâtre, le métro ne comptait pas. Elle se pencha et posa ses lèvres sur la hanche de Cecil, à l'endroit de la cicatrice. Pas de boursouflure, pas le moindre relief, la plaie s'était bien refermée. Elle appuya sa tête sur les reins de Cecil et ne bougea pas lorsque le ronflement s'interrompit. Il s'était réveillé. Elizabeth se redressa légèrement, baisa une seconde fois la petite trace de son couteau et s'écarta. Cecil se retourna et s'assit. Ils se faisaient face. Il respirait sans bruit. Elle s'approcha de lui. Dès que leurs corps se touchèrent, elle l'entendit grogner. Il la renversa sous lui et l'écrasa de tout son poids. Il l'embrassa profondément, sa langue était très dure. Elizabeth sentit sa gorge et l'intérieur de sa propre bouche vibrer sous le grondement qui sortait de Cecil. Puis elle fut engloutie par cette masse de chair blanche vibrante et grondante. Cecil était partout. Il recouvrait complètement, totalement le corps d'Elizabeth. Elle avait disparu sous lui et rien ne dépassait. Elle n'étouffait pas, c'était ainsi qu'elle désirait être : enfouie dans la chair de Cecil.

Il se retira d'elle et elle se sentit étonnamment petite. Du sperme coulait entre ses cuisses, elle était parfaitement bien. Elle posa sa tête sur la poitrine de Cecil et s'endormit avant de l'entendre ronfler.

Le lendemain soir, il l'emmena dîner dans un restaurant hors de Paris. Elle portait une robe qu'elle venait d'acheter, une robe de coton noir qui découvrait largement ses épaules. Elle s'était maquillée et avait mis, pour la première fois, de lourdes boucles d'oreilles. Elle se trouvait très belle. Cecil travailla tard et passa la chercher en bas de chez elle. Le repas fut délicieux. Elizabeth mangea peu. Ils burent beaucoup. Lorsqu'ils rentrèrent, ils continuèrent à boire.

Elle s'approcha de lui et lui retira son verre des mains. Elle était sûre d'être belle, elle ferma les yeux. Mais il ne bougea pas, ce fut elle qui l'enlaça. Elle laissa glisser ses mains le long du dos de Cecil et s'arrêta brusquement. Il ne lui avait pas fait le moindre compliment sur sa robe, sur ses boucles d'oreilles. Il se fichait éperdument de la façon dont elle s'habillait, il ne la regardait pas, il ne la désirait pas. Et elle qui croyait que tout avait changé depuis leur dernière nuit! Elle l'entendit respirer, elle devait échapper à sa présence. Elle courut s'enfermer dans la salle de bains. Le couteau qui avait disparu, la cicatrice... Elle savait maintenant pourquoi

Cecil était là. Elle y avait mis le temps mais elle avait enfin compris. Il n'était pas là pour elle, Elizabeth. Il était là pour la femme au couteau. Ses robes et ses sandales à talons hauts, il ne les voyait même pas. La nuit passée, il avait bandé pour la cicatrice qu'elle lui avait laissée et qu'elle avait embrassée, pour le couteau qu'il avait pris, pour la criminelle qu'elle avait été, pour la criminelle qu'elle n'était plus, grâce à lui. Et elle qui croyait qu'il allait aimer sa robe, ses boucles d'oreilles et son maquillage! Comment avait-elle pu être aveugle à ce point? Elle arracha sa robe, la jeta à terre et la piétina. Pour Cecil, leur vraie et peut-être seule rencontre avait eu lieu dans le métro, pas dans sa loge. Il lui avait parlé français, il savait qu'elle habitait Paris. Ça n'était tout de même pas inscrit sur son visage! Il l'avait déjà vue, il la reconnaissait, peut-être savait-il qu'elle viendrait. Et elle, émerveillée, elle découvrait Cecil Fox et oubliait le métro. Comment ne s'était-elle pas posé de questions plus tôt? Il ne la regardait pas, il ne la questionnait pas, il ne s'intéressait pas à elle, Elizabeth. D'ailleurs pourquoi se serait-il intéressé à elle? Elle ne faisait rien, elle ne disait rien, elle ne racontait rien, elle vivait de la respiration de Cecil, de sa présence. Et Cecil voulait ce qu'elle avait été avant lui, la créature informe qui se croyait criminelle. Il faisait la cuisine pour la femme au couteau, et la nuit dernière, il avait fait l'amour à celle qui l'avait blessé.

Que se passerait-il lorsqu'il découvrirait que c'était Elizabeth qui mangeait et Elizabeth qui gémissait ? Il la quitterait...

Il frappa à la porte, il s'inquiétait, était-elle malade ? Non, elle n'était pas malade, tout allait très bien. Elle devait rester calme, ne rien laisser paraître. Elle passa de l'eau fraîche sur son visage. Le maquillage coula, elle s'essuya, ramassa sa robe. Puisqu'il ne la voyait pas, il ne s'apercevrait pas qu'elle tremblait. Elle ouvrit la porte, sortit de la salle de bains, parvint à sourire et se coucha. Elle l'entendit se laver les dents et se gargariser comme à son habitude. Dans moins d'une minute, le temps de pisser et de tirer la chaîne, il viendrait se coucher près d'elle et il attendrait ses caresses. A l'exception de la dernière nuit, il en avait toujours été ainsi. Que ferait-elle ? Il se glissait déjà sous les draps en soufflant, il s'allongeait sur le dos, sur la cicatrice, il attendait. Son ventre se soulevait régulièrement. Malgré elle, elle respirait au même rythme que lui. Il était là, elle se pencha sur lui...

Elizabeth ne dormit pas. Elle ne pensa pas. Elle se leva à plusieurs reprises, cherchant l'endroit de l'appartement d'où elle ne l'entendrait pas. Mais où qu'elle se trouvât, son ronflement lui parvenait aux oreilles. Elle ne voulait pas sortir, elle ne pouvait pas le quitter.

Il s'éveilla de bonne humeur. Il ne remarqua ni la pâleur d'Elizabeth ni ses traits tirés. Elle partit avant lui et retrouva son bureau désert. Pour pouvoir suivre la tournée de Cecil en automne, elle s'était proposée pour assurer la permanence. Tous les autres étaient partis en vacances. Elle resta toute la journée immobile sur sa chaise, flairant parfois sur ses doigts l'odeur de leur nuit. Il fallait à tout prix qu'elle trouvât quelque chose. Il ne pouvait pas la quitter. Elle avait besoin de lui. Elle respirait l'air que ses grands gestes dégageaient, elle mangeait sa cuisine et dormait enfouie dans sa chair. Cecil était partout.

Dans les coussins gonflés du canapé, dans la blancheur du lavabo, dans le sucre des fruits, dans la fraîcheur du vin, partout. Sans lui, il n'y aurait plus rien. Elle ne respirerait plus, ne mangerait plus, ne dormirait plus. Il y aurait une table vide, des coussins tout tassés, et le silence. Et puis des yaourts périmés et des cendriers pleins, des vêtements sans couleurs et des talons usés, de la poussière et des doigts sans odeur. Les verres laisseraient des ronds sur la table basse et il n'y aurait plus ni sucré ni salé. Tout serait encore pire qu'avant le métro.

Elle quitta le bureau à six heures et se dirigea vers la station Bastille. Elle emprunta le long couloir et ne croisa personne. Sur le quai, il y avait peu de monde, les gens étaient sans doute partis en vacances. Lorsque le train arriva, elle trouva immédiatement une place assise. Elle regarda autour d'elle. Les filles portaient des robes légères, les hommes des chemises à manches courtes et les touristes des shorts. Tout le monde était gentiment avachi par la chaleur. Elizabeth aussi avait chaud. Comment haïr ces visages ruisselants, ces membres dorés, et ces corps courbés sous le poids des sacs à dos? Elle les observa et croisa le regard insistant d'un grand garçon blond. Peut-être allait-il se passer quelque chose, quelque chose qui lui permettrait de revenir en arrière, quelque chose qui ferait que, machinalement, elle porterait la main à son sac, s'attendant à y trouver le couteau... Le jeune homme s'approchait d'elle, les mains dans le dos. Elizabeth le regardait venir, pleine d'espoir. Dès qu'il fut à son niveau, le garçon tira de derrière son dos un plan de Paris. Il désirait savoir où se trouvait le Grand-Palais. Elizabeth le lui expliqua et il partit rejoindre au bout de la rame une jeune fille qu'il embrassa goulûment. Elizabeth ne put s'empêcher de sourire. Elle avait vraiment changé.

Elle descendit à Concorde et prit la sortie « Côté Jardin des Tuileries ». Des cars stationnaient le long du trottoir presque désert. Les gens marchaient de l'autre côté de la rue, à l'ombre des arcades. A l'intérieur du jardin, insensibles à la chaleur, des enfants jouaient au ballon. Elizabeth soupira, découragée. C'était un bel après-midi d'été, un peu trop

chaud mais agréable. Pourquoi se promène-
rait-elle avec un couteau dans son sac ?

C'était trop tard, elle ne pourrait plus rede-
venir ce qu'elle avait été... Cecil rentrerait
plus tard, il négligerait le ménage et la cuisine.
Il referait plusieurs fois de suite le même plat,
il respirerait et ronflerait moins fort, il ne
banderait plus dès qu'elle poserait la main sur
lui. Peut-être tomberait-il malade. Alors, elle
saurait qu'il avait décidé de la quitter.

Quand elle le caressait et lorsqu'ils faisaient l'amour, Elizabeth épiait Cecil. Elle était attentive au moindre tressaillement de ses muscles, à ses moindres gémissements, à toutes les variations de son souffle. Avait-il les yeux ouverts? Est-ce que ses orteils se crispaient de plaisir? Elle voulait tout voir, tout savoir.

Elle revint du bureau un soir vers sept heures, Cecil n'était pas encore rentré. Elle se laissa tomber sur le canapé, cachant son visage dans ses mains. Il était parti! Et sans la prévenir... Elle se leva d'un bond et se précipita sur le placard. Les affaires de Cecil s'y trouvaient toujours, rangées en piles parfaites. Il n'était pas parti, pas encore. Cela ne tarderait pas puisqu'il commençait à rentrer tard. Elle entendit des pas sur le palier, un coup de sonnette. Elle courut ouvrir. Couvert de sueur, Cecil rapportait deux lourds sacs de provisions. Tous les magasins du quartier fermaient en août, il avait été obligé de faire des kilomètres pour trouver une poissonnerie ouverte. Elizabeth lui prit les sacs des mains et l'aida à mettre ses achats au frais.

Le dîner se passa bien. Il avait méticuleusement pelé les tomates, il avait fait dégorger les concombres et il avait disposé autour d'un long poisson qu'Elizabeth n'avait jamais vu des moitiés de citron découpées en dents de scie. Tout était impeccablement assaisonné et le vin était à la bonne température. Il avait même trié les cerises, Elizabeth n'en trouva pas une qui fût gâtée.

Elle acheta, dans un surplus, un vieux jean et un tee-shirt kaki. Elle remplaça ses sandales par des espadrilles et ne se maquilla plus. Cecil ne fit aucune réflexion, sembla ne s'apercevoir de rien. Elle remit sa robe et ses chaussures.

Un soir, elle l'entendit éternuer dans la cuisine. Elle accourut, paniquée à la pensée qu'il pût tomber malade. Il l'accueillit avec un gros rire : il avait simplement reniflé de trop près un poivre qui lui paraissait de mauvaise qualité.

Elle décida de se racheter un couteau à cran d'arrêt mais la coutellerie la plus proche de chez elle était fermée en août. Elizabeth n'eut pas le courage d'aller plus loin. Elle savait que c'était inutile. Les accessoires n'y feraient rien. Elle ne redeviendrait pas ce qu'elle avait été et Cecil la quitterait.

Dès qu'elle était chez elle, elle cherchait discrètement les moindres preuves de la négligence de Cecil. Elle passait furtivement un doigt sur la tranche d'un livre qu'elle n'ouvrait jamais et regardait s'il était poussiéreux. Elle vérifiait que la baignoire était bien blanche, qu'il n'y restait pas un seul poil. Elle examinait la transparence des vitres et la date limite de vente des pots de crème fraîche. Elle tâtait les camemberts, flairait les melons. Elle mangeait plus lentement que d'habitude et mâchait encore plus longuement. Mais tout était propre, tout était frais, tout était bon.

Elle ne dormait plus ou à peine. Elle passait ses nuits à guetter les ronflements de Cecil. S'il ronflait moins fort, elle saurait qu'il était moins présent, qu'il la quittait en rêve, mais si au contraire il ronflait plus fort, elle comprendrait qu'il lui reprochait de l'avoir trompé, de n'être pas telle qu'elle lui était apparue dans le métro.

Elle ne travaillait plus. Pendant la journée, elle essayait de se reposer un peu. Il lui arrivait de s'allonger à même le plancher et de dormir une heure ou deux. Le reste du temps, elle se demandait ce qu'elle avait bien pu oublier de vérifier. Elle faisait des listes qu'elle laissait au bureau tant elle avait hâte de rentrer. Elle arrivait chez elle en se répétant : « Fleurs fanées, draps, serviettes, miettes, poubelles, cheveux sur le peigne, punaises et trombones... » Mais il n'y avait pas de poubelle pleine, pas de bouteilles vides, pas de cheveux dans le lavabo, pas de miettes dans l'évier. Les fleurs étaient belles, le rabat du drap était parfaitement droit, les serviettes-éponges ne sentaient rien et les vieux journaux étaient rangés dans le coffre prévu à cet effet. Sur le bureau, il n'y avait pas un trombone dans les punaises, pas une punaise dans les trombones.

Rien n'était sale, rien ne traînait, rien ne sentait mauvais.

Elizabeth enrageait de ne rien trouver. Elle alla jusqu'à répandre des cendres de cigarette sous le canapé pour voir si elles y seraient encore le lendemain. Mais le lendemain il n'y avait plus rien.

Cecil ne remarquait rien. Elizabeth continuait à manger, à le caresser, à aller au bureau. Que fallait-il qu'elle fît pour qu'il la vît enfin?

Un matin, elle se réveilla en sursaut. Cecil n'était plus à côté d'elle. Elle regarda sa montre, il était huit heures et demie. Elle l'entendit, il était dans la cuisine. Elle renifla et fronça les sourcils. Il y avait une drôle d'odeur. Une odeur de brûlé, une odeur de toasts brûlés. Cecil avait laissé brûler les toasts... Elizabeth se redressa lentement. C'était le signe qu'elle attendait depuis des jours et des jours. Cecil allait la quitter, elle en avait enfin la preuve. Elle ne le laisserait pas partir. Il ne la quitterait pas. Elle avait attendu cette petite odeur de brûlé pour devenir ce que Cecil désirait qu'elle fût.

DU MÊME AUTEUR

Impression Bussière à Saint-Amand (Cher),
le 3 août 2001.
Dépôt légal : août 2001.
1ᵉʳ dépôt légal dans la collection : mai 1994.
Numéro d'imprimeur : 14980.

ISBN 2-07-038912-X./Imprimé en France.